尤荻特·赫爾曼
Judith Hermann

劉于怡 譯

夏之屋，再說吧

Sommerhaus, später

目錄

給F.M與M.M.

醫生說我會好起來，但我仍然感到悲傷。

——湯姆．威茲（Tom Waits）

紅珊瑚

我第一次也是唯一一次去做心理治療，就賠上我的紅珊瑚手鍊以及我的情人。

紅珊瑚手鍊來自俄國，精確來說是來自聖彼得堡，已超過百年歷史，我曾祖母曾將它戴在左手手腕上，它還殺死了我曾祖父。我是要講這個故事嗎？我不確定，真的不太確定：

我的曾祖母非常漂亮。她跟曾祖父去了俄羅斯，因為曾祖父去幫俄國人蓋工業爐。曾祖父將曾祖母安置在聖彼得堡瓦西里島上的一間大公寓，這個島是由大小涅瓦河沖積而成。若曾祖母踮著腳尖，從這間位於馬里吉大道的公寓窗口看出去的話，可以看到河流及喀琅施塔得灣。但曾祖母不想看河，不想看喀琅施塔得灣，也不想看馬里吉大道上漂亮的房子。曾祖母根本不想看窗外，她拉上厚重的紅天鵝絨窗簾，關上房門，地毯吸去所有的聲響，曾祖母只是坐在沙發、扶手椅或四柱床，身子前後搖晃，想念著德國的家。馬里吉大道偌大的公寓裡，光線猶如暮色般昏暗不明，就像深海底的光。或許曾祖母覺得這些陌生、這個聖彼得堡及整個俄羅斯，都不過只是個深沉混沌的夢，很快她就會從夢中醒來。

但我曾祖父卻走遍整個國家，到處幫俄國人蓋爐子。他蓋了豎爐、焙燒爐、火焰反射爐、步進式加熱爐，還有利佛摩爾爐。他總是離開很久，會寫信給曾祖母。每回收到信，曾祖母就稍稍拉開窗前厚重的紅天鵝絨窗簾，退幾步，就著透過來的一束窄窄的日光讀信：

我跟妳解釋一下，我們在這裡蓋哈森克雷夫爐，是由好幾個蓄熱室組成，蓄熱室之間透過垂直的通道互相連接，並以爐箆式燃燒的火焰加熱——妳一定還記得我在霍爾斯坦布倫舍維爾德尼斯（Blomesche Wildnis）蓋的坩堝爐，當時妳特別喜歡——哈森克雷夫爐也是一樣，礦石會從開口送達最上面的爐箆……

讀這些信令曾祖母感到非常疲倦，她不記得布倫舍維爾德尼斯的坩堝爐，但她記得布倫舍維爾德尼斯，記得那裡的牧場以及平坦的地勢，記得田野上推成圓柱形的乾草堆，以及夏天蘋果酒甜甜冰涼的味道。她讓房間重新陷入暮色般的昏暗，疲憊地躺在沙發上，喃喃地唸著：「布倫舍維爾德尼斯，布倫舍維爾德尼斯……」聽起來就像一首童謠，一支催眠曲，真是悅耳。

在那些年中，住在聖彼得堡瓦西里島上的除了外國商人及他們的家眷之外，還有很多俄國藝術家及文人。無可避免的，他們全聽說有個德國女人，美麗、蒼白，有著閃亮的金髮，住在馬里吉大道上，幾乎總是單獨一人躲在房間裡，那麼暗，那麼柔和又冰涼，猶如大海一般。這些藝術家及文人開始登門造訪，曾祖母用她疲憊纖細的手招呼他們進來，她不怎麼說話，幾乎聽不懂別人在說什麼，只是透過低垂的眼皮緩慢如作夢般看著他們。這些藝術家及文人在柔軟的沙發及扶手椅坐了下來，陷在厚重的深色布料裡，女僕端來加了肉桂的紅茶，以及藍莓黑莓做成的果醬。曾祖母用俄式小茶爐溫暖她冰冷的手，她太累了，累到沒力氣請藝術家及文人離開。於是他們就留下來了。他們看著我的曾祖母，在昏暗的光線下，曾祖母成了某種悲傷、美麗、陌生的象徵。而悲傷、美麗、陌生正是俄羅斯靈魂的精髓，這些藝術家及文人愛上我曾祖母，我曾祖母也讓他們愛她。

曾祖父總是離開很久，於是曾祖母就讓自己被愛很久，她很小心，很謹慎，幾乎不犯任何錯誤。她用俄式小茶爐溫暖她冰冷的手，用情人火熱的心溫暖她冰冷的靈魂。她學會從輕柔陌生的語言中聽懂一些詞彙：「妳是最溫柔的白樺。」一就著窄窄一束日光，她讀著那些關於熔爐、德維爾式爐及管式爐的信，然後統統丟進火爐燒掉。她讓別人愛她，夜裡入睡前哼唱著布倫舍維爾德尼斯，當她的情人好奇地望著她時，她只是微笑，沉默著。

曾祖父承諾很快就會回來，很快就會帶她回德國。但他並沒有回來。第一個、第二個、第三個聖彼得堡的冬天過了，而我曾祖父仍然在俄羅斯遙遠的另一方，忙著蓋爐子，曾祖母仍然繼續盼望能回到德國。她寫信到西伯利亞針葉林，他回信說很快就會回來，只要再離開一次，就最後一次了——然後，然後，他保證，就會踏上歸途。

曾祖父回家的那天晚上，曾祖母坐在臥室鏡子前梳著金髮。鏡子前有個小盒子，裝滿了情人送給她的禮物，格里戈里送的胸針，尼基塔送的戒指，阿列克謝送的珍珠及天鵝絨絲帶，葉梅利揚的一束捲髮，米哈伊與伊利亞的勳章、護身符及銀手鐲。盒子裡還有尼可萊．謝爾蓋耶維奇的紅珊瑚手鍊，六百七十五顆小珊瑚串在絲線上，如怒火般殷紅。曾祖母將梳子放在大腿上，閉上眼睛好一陣子，當她再睜開眼睛後，便拿出盒子裡的紅珊瑚手鍊戴在左手手腕上，她的膚色極為蒼白。

那天晚上她與曾祖父三年來第一次共進晚餐。曾祖父說著俄文，對著我曾祖母微笑。曾祖母放在大腿上的雙手交疊手指互握，朝著我曾祖父微笑。曾祖父說起大草原、荒野以及俄羅斯白夜，還說到各種爐子並叫著曾祖母的德文名字，於是曾祖母點頭微笑，彷彿一切都聽懂了。接著曾祖父繼續用俄語說他必須再去一趟海參崴，邊說邊用手抓起餃子吃，用手擦著油膩的嘴角，他說，海參崴是最後一站，然後該是回家的時候了，回德國，還是，她想繼續待在這裡？

曾祖母聽不懂他在說什麼，但她聽懂了海參崴，於是她抬起手放在桌面上，紅彤彤如怒火般耀眼的紅珊瑚手鍊在她蒼白的左手手腕上閃閃發亮。

曾祖父瞪著紅珊瑚手鍊，將吃到一半的餃子放回盤子，用麻布餐巾擦手，揮手叫女僕離開房間，用德文說：「這是什麼？」

曾祖母說：「一條手鍊。」

曾祖父說：「假設我有資格問妳的話，哪來的手鍊？」

曾祖母輕軟低聲說：「我非常期待你問，這是尼可萊．謝爾蓋耶維奇送我的。」

曾祖父又將女僕召進來，叫她去找他的朋友伊薩克．巴魯夫。伊薩克．巴魯夫來了，駝著背，看起來半睡半醒，滿臉困惑，當時夜已很深，他尷尬地不停用手梳理一頭亂髮。曾祖父與伊薩克．巴魯夫激動地在房間內走來走去，不斷地討論，伊薩克．巴魯夫試著說些安撫的話語但無濟於事，那些話令我曾祖母想起她的情人。曾祖母無力地倒在柔軟的單人沙發，冰冷的手握住俄式小茶爐。曾祖父與伊薩克．巴魯夫用俄語交談，曾祖母只聽懂了「副手」及「彼得羅夫斯基公園」這兩個詞。女僕受命拿著信出門走進黑夜。當天色終於微亮，我曾祖父與伊薩克．巴魯夫也出了門，曾祖母在柔軟的單人沙發中睡著，她纖細的手腕戴著紅珊瑚手鍊無力地垂掛在扶手上，房間裡如此昏暗寂靜，如同海底一般。

接近中午時分，伊薩克・巴魯夫回來了，打躬作揖地向我曾祖母致哀，告知她我曾祖父已在清晨八點逝世，尼可萊・謝爾蓋耶維奇在彼得羅夫斯基公園的小山丘上一槍射進曾祖父的心臟。

我曾祖母等了七個月，最後在一九〇五年一月二十日，也就是革命開始的第一天，將我祖母帶到這個世界，然後打包行李回到德國。她搭上的那班開往柏林的列車，據說是最後一班離開聖彼得堡的火車，之後鐵路工人罷工，俄羅斯與國外的交通全部中斷。當火車車門關起，火車頭將白煙吹入冬日的寒空時，月台盡頭出現伊薩克．巴魯夫彎腰駝背的身影。我曾祖母看著他過來，便請求列車長等他一下，於是伊薩克．巴魯夫在最後一分鐘蹣跚地爬上德國列車。往柏林的漫長旅程中他陪在我曾祖母身邊，幫她提行李，拎著帽箱及手提包，不厭其煩地一次又一次地向她表達他終身的感激。我曾祖母只是看著他微笑，一言不發；她左手手腕戴著紅珊瑚手鍊，而我祖母小小的身軀睡在柳條籃裡，那時候便已看出，比起我曾祖父，她長得更像尼可萊．謝爾蓋耶維奇。

我第一次也是唯一一次去做心理治療，就賠上我的紅珊瑚手鍊以及我的情人。

我的情人大我十歲，像條魚一樣。他有魚灰色的眼睛，魚灰色的皮膚，就像隻死魚一樣，整天躺在床上，冰冷沉默。他覺得很不舒服，整天癱在床上，就算開口也就只有這麼一句話：「我對自己不感興趣。」我是要講這個故事嗎？

我不確定，真的不太確定。

我的情人是伊薩克．巴魯夫的曾孫，在他細細的血管裡流著俄國及德國的血。伊薩克．巴魯夫一生忠於我曾祖母，卻娶了她的波美拉尼亞女僕。他們一共生了七個孩子，這七個孩子生了七個孫子給他，其中一個孫子又給了他唯一一個曾孫，也就是我的情人。他的父母在盛夏暴風時淹死在湖中，我曾祖母要我去參加他們的喪禮——聖彼得堡往事的最後證人就要長眠於布蘭登堡的土地下，與之掩埋的，還有她自己不願再提起的往事。因此我去了伊薩克・巴魯夫孫子夫婦的葬禮，我的情人站在他們的墓碑旁，掉了三滴灰色的眼淚。我將他冰冷的手握在我的手裡，當他回家時，我也跟著他走。我以為自己可以用聖彼得堡的故事來安慰他；我以為，他可以告訴我這個故事的另一種版本。

但我的情人不說話。他也不要聽，他完全不知道一九〇五年那個冬天清晨，我曾祖母曾讓火車停下來，讓他曾祖父能逃離俄羅斯，在最後一秒鐘。我的情人只是癱在床上，就算開口也就只有這麼一句：「我對自己不感興趣。」他的房間很冷又布滿灰塵，窗外就是墓園，墓園總是不斷傳來喪鐘的聲音。若我踮起腳尖往窗外看，可以看到剛挖開的新墳、康乃馨花束及哀悼的人。我常常坐在房間角落地板上，屈起膝蓋貼著身體，輕輕地將灰塵吹得滿室紛飛。我非常訝異有人會對自己不感興趣，像我就只對我自己感興趣。我看著我的情人，我的情人看著他自己的身體，像個死人一般。有時我們會像仇敵一般做愛，我咬他鹹鹹的嘴，覺得自己彷彿瘦到不成人形，儘管我根本不是，我可以假裝我不是我。陽光透過窗前樹木照進來是綠色的，水亮水亮的，像在湖邊一樣，而滿室紛飛的灰塵猶如水藻。

我的情人很哀傷，我同情地問他，是否不該跟他講那個俄羅斯的小故事，我的情人高深莫測地回我說，事情已經過去了，他不想聽，而且我根本不該將自己的故事跟別人的故事混為一談。我問：「那你有自己的故事嗎？」他說沒有，他沒有故事。但他每週去看醫生兩次，是個臨床心理師。他不准我陪他去，也拒絕告訴我任何關於心理師的事，他說：「我訴說我自己，就這樣。」

當我問他是否會提到他對自己沒興趣一事，他滿臉不屑地看著我，沉默不語。

我的情人沉默，或者只說那句話。我也跟著沉默，然後開始想著心理師的事。我的臉一直像我的腳板一樣沾滿灰塵，我想像自己坐在心理師的房間訴說自己。我無法想像自己有什麼好說的，自從我開始待在我的情人身邊後，就不怎麼說話了。我幾乎不跟他說話，他也根本不跟我說話，總是那一句而已。有時，我甚至會以為所謂語言不過就只是那八個字而已：我對自己不感興趣。

我開始常常想著心理師，我只想著在他那個陌生房間裡談話，而那很舒服。我二十歲，無所事事，左手手腕上戴著紅珊瑚手鍊。我知道曾祖母的故事，我能神遊般地想像自己走在馬里吉大道暮色般昏暗的公寓裡，我從祖母的眼睛看到尼可萊．謝爾蓋耶維奇。過去的故事與我糾結纏繞，有時彷彿就是我自己的經歷，曾祖母的故事就是我的故事。只是，沒有曾祖母的我的故事在哪裡？我不知道。

日子安靜地猶如在水底深處。我坐在我情人的房間，腳踝周圍盡是灰塵，我坐著，曲起膝蓋貼著身體，頭靠在膝蓋上，用食指在灰色的地板上亂畫，我東想西想到底在想什麼連自己都不知道，歲月就這樣過去了，似乎，我會這樣一直活下去。我能說這些嗎？有時我曾祖母會過來，用她皮包骨的手敲著公寓的門，叫我出來跟她回家。她的聲音穿過聚積於門邊的灰塵，像是從很遠很遠的地方傳來。我一動也不動，並不回答，我的情人也躺在他的床上，用死人眼瞪著天花板，紋絲不動。我曾祖母喊著，試圖用各種我童年時的暱稱打動我——小甜心、小胡桃、小心肝——她用皮包骨的手頑強執著地敲著門，直到我神氣地大喊：「是妳叫我來他這裡的，現在妳得等著，直到一切結束！」她才離開。

她在樓梯間的腳步聲愈來愈小，敲門時揚起的灰塵也慢慢沉緩下來，層層積疊起來如絨毛般濃密。我看著我的情人，問他：「你真的不想聽紅珊瑚手鍊的故事嗎？」

我的情人躺在床上轉過身，用那張壓得扁扁的臉孔對著我，伸直魚灰色的雙手，緩緩張開手指，魚灰色的眼球從眼窩中微微凸出。瀰漫於房間中的寂靜有如被丟進一塊石頭的湖面震盪起來，我給他看左手手腕上的紅珊瑚手鍊，我的情人說：「這些來自柳珊瑚科，群體而生，高度可達一公尺，而且牠們的紅色骨骼是石灰構成的，石灰！」

我的情人大著舌頭說話，緩慢又口齒不清，像喝醉了似的。他說：「牠們長在薩丁尼亞島及西西里島的岸邊，的黎玻里、突尼斯及阿爾及利亞也有。那裡的海藍得像綠松石一樣，非常深，可以游泳及潛水，海水很溫暖……」他轉過身背對著我，深深嘆了一口氣，用腳踢牆兩次，接著就躺著不動了。

我說：「我要講這個故事，聽著！聖彼得堡的故事，陳年往事，我要講給你聽，才能擺脫它們繼續往前走。」

我的情人說：「可是我不想聽。」

我說：「那我講給你的心理師聽。」我的情人坐直身子，深深吸了一口氣，他是那樣用力，周圍的灰塵隨著一陣小型氣流消失在他張開的嘴巴裡，他說：「妳不會跟我的心理師說。隨便你去找誰，但不可以是我的心理師。」說著便咳了起來，他用力拍打自己裸露灰白的胸部，我不禁笑了出來，因為我的情人從來沒有一次講過這麼多話。他說：「不論我跟誰談我自己，妳都不可以跟他談我，別不可理喻。」我說：「我不說你的事，我要講故事，而我的故事也是你的故事。」真的，我們打了起來，我的情人威脅說要離開我，他緊緊抓住我，拉扯我的頭髮，咬我的手並用指甲抓我，房間起一陣風，窗戶大開，墓園的喪鐘敲得又猛又急，灰塵如肥皂泡般飄了出去。我推開我的情人，拉開門，我真覺得自己瘦到不成人形；當我離開時，可以聽到灰塵落在地板的聲音，我的情人沉默地站在床邊，瞪著一雙魚灰色的眼睛，還有他魚灰色的皮膚。

那位心理師，就是因為他，我失去了紅珊瑚手鍊及我的情人，坐在一間大房間裡的辦公桌後面。房間真的很大，幾乎是空的，除了那張辦公桌，還有坐在後面的心理師及辦公桌前的一張小椅子。房間地板鋪著一張如海洋般湛藍的柔軟地毯。心理師嚴肅地看著我，我朝著他走過去，我有種感覺，我走了好長一段時間才終於走到他辦公桌前的這張椅子。當我想到我的情人總是坐在這張椅子上訴說自己——到底說什麼呢？——就覺得有些悲傷。我坐下去，心理師對我點了點頭，我也對他點了點頭，瞪著他看，我等著開始，等著談話的開始，等著他第一個問題。心理師也瞪著我，直到我垂下眼睛，但他什麼都沒說。他沉默著，他的沉默令我想到什麼。房間靜悄悄的，時鐘在我看不到的角落滴答走著，高樓被風圍繞著，我看著腳下如海洋般湛藍的地毯，惴惴不安地扯著紅珊瑚手鍊的絲線。心理師嘆了一口氣，我抬起頭，他用削得尖尖的鉛筆敲了敲發亮的辦公桌桌面，我靦腆地笑了笑，他說：「您有什麼事嗎？」

我深吸了口氣，舉起雙手，又垂了下去。我想說我對自己不感興趣，我想那是個謊言，我只對我自己有興趣，是這個嗎？還是其實什麼事也沒有？只有疲憊，以及空虛寂寥的日子，如水中的魚和沒來由的發笑？我想說，我背負太多故事，使得生命變得好沉重，我想，其實我也可以待在我的情人身邊，我吸了口氣，心理師嘴巴及眼睛大張，我扯了下紅珊瑚手鍊的絲線，絲線應聲而斷，六百七十五顆如怒火般殷紅的小珊瑚從我纖細的手腕上燦爛奪目地迸了開來。

我瞪著我的手腕，瞠目結舌，手腕赤裸裸地蒼白。我看向心理師，他靠向椅背，面前的鉛筆現在與桌緣平行，放在大腿上的雙手交握著。我雙手遮住臉，滑下椅子，跌在如海洋般湛藍的地毯上，迸開的六百七十五顆珊瑚散落在房間每個角落。怒火般的殷紅從未如此閃亮過，我趴在地上，四處尋找撿拾，它們在辦公桌底下，在心理師的腳尖下，當我碰到他的腳時，他往後稍稍縮了縮，辦公桌下很暗，但紅珊瑚閃閃發亮。

我想起尼可萊．謝爾蓋耶維奇，我想，如果不是他送給我曾祖母這串紅珊瑚，他也不會射中我曾祖父的心臟。我想起彎腰駝背的伊薩克．巴魯夫，我想，他如果不離開俄羅斯，我的曾祖母也不會為了他要火車停下來。我想起我的情人，那條魚，我想，如果他不是總是不說話，我現在也不必在心理師的桌子底下到處爬。我看到心理師的褲腳，他交握的雙手，我聞到他的味道，我的頭敲到桌板。我撿拾完桌底下的紅珊瑚，爬向光亮處，爬向整個房間。我右手撿起珊瑚，放到左手手心，我開始哭泣。我跪在柔軟，如海洋一般湛藍的地毯，我看著心理師，心理師看著我，從他坐著的椅子上，雙手交握。我左手滿滿都是珊瑚，但是我身邊仍舊到處都有閃閃發亮的珊瑚，我想，我必須花上這一生所有的時間，才能撿完這裡所有的珊瑚，我又想，我一定做不到，一生都做不到。我站起來。心理師傾身向前，拿起桌上的鉛筆，說：「今天的治療結束了。」

我將握在左手的紅珊瑚倒到右手手心，發出一陣美麗溫柔的聲響，就像細碎的笑聲。我舉起右手，用力將紅珊瑚朝著心理師擲去，心理師彎下腰，紅珊瑚灑落在書桌上，同它們一起灑落的，還有整個聖彼得堡、大小涅瓦河、曾祖母、伊薩克．巴魯夫及尼可萊．謝爾蓋耶維奇、柳條籃裡的祖母以及情人，那隻魚、窩瓦河、盧加河、納爾瓦河，以及黑海、裏海、愛琴海、波斯灣、大西洋。

全世界海洋的水形成一股巨大的綠色波浪，淹沒心理師的辦公桌並將他從椅子上沖下去，波浪迅速上升，將桌子高高地頂了上去，心理師的臉再次出現在波浪的最頂端，很快又消失了。海水咆哮著，波濤洶湧，邊唱著歌邊漲高，沖走所有故事，寂寥與珊瑚被海水沖回海藻林裡，沖進貝殼灘，至海底深處。

我吸了一大口氣。

我再次去探望我的情人。我就知道，他飄盪在水汪汪的床上，蒼白的肚腹朝上。光線是如此灰暗，就像深海底部的光一樣，他的頭髮沾滿灰塵，輕輕地抖動著。我說：「你知道的，珊瑚在海底太久後會變黑色，」我說：「這就是我想告訴你的故事。」但我的情人再也無法聽我說話了。

颶風（也算告別）

遊戲叫做「想像這樣的生活」，在島上的夜晚，在布蘭頓那裡時可玩。這時該抽兩三支菸，喝點蘭姆可樂，若有個島上的孩子窩在你的大腿上熟睡，頭髮散發著沙子的味道，那就太好了。還必須天高氣爽，最好是星光燦爛，氣溫要很高，或許還很悶濕。這遊戲叫做「想像這樣的生活」，並沒什麼規則。

「想像一下，」諾拉說：「想像一下！」

收音機一天播報四次颶風特報，卡斯帕說，要等到每小時播報一次時，情勢才算緊急。島上居民會被要求前往特別保護區，德國人可以要求大使館派機將他們送往美國。卡斯帕堅定地說：「我不會離開這個島的。」他要留下來，而且預計所有石丘雪丘的居民都會來他這裡避難。這個島位在熱帶性低氣壓的低壓區。諾拉與克莉絲緹娜坐在門廊被太陽曬得乾乾的木頭地板上，虔誠地低語著：「熱帶性低氣壓，熱帶性……」

天氣熱得難受，藍山山頂積聚著厚厚的白色雲層，一動也不動。氣象學家稱為「蓓塔」的颶風，正在遙遠的加勒比海上膨脹擴大，但它同樣一動也不動，像是為了古巴、哥斯大黎加以及這個島凝聚力量。

卡特打了洛薇，後來在克莉絲緹娜回到城市後，諾拉在寫給她的信上說：

卡特打了洛薇，洛薇打了卡特，親愛的克莉絲緹娜，其實不真的是妳的錯。卡斯帕說個沒完，我喜歡妳，我喜歡妳，刻著木頭小鳥，要是能放我單獨一人，親愛的克莉絲緹娜，我好想妳……克莉絲緹娜坐在餐桌邊讀信，兩隻腳彎起來靠在身上，一頁一頁的信紙間夾帶著沙子。她很訝異她仍受這些事的影響，她覺得自己離那個島好遠，也覺得疲倦。

卡斯帕知道克莉絲緹娜吻了卡特，就在她待在島上的最後一個晚上。那一晚，他們開吉普車往下到石丘。「我們開車去布蘭頓廣場吧，可以嗎？」克莉絲緹娜睜著大大的眼睛求他，卡斯帕接受了。他喜歡克莉絲緹娜稱布蘭頓的店為「布蘭頓廣場」，店開在村子裡的木屋，躲在麵包樹的樹蔭下，在那裡可以喝到棕色蘭姆酒，也可以買單支的黑貓（Craven A）香菸。老人總在那裡咬著牙，全神貫注在多米諾骨牌上，布蘭頓的收音機總是發出一陣陣尖銳的嗶嗶聲。他們開著吉普車下山到石丘。雲層往兩邊移開，露出了高高的、擠滿星子的天空。

布蘭頓買了新冰箱，克莉絲緹娜適切地表達了讚賞之意，但卻顯得焦躁不安，使勁地瞧著遠方黑暗之處，朝空地邊緣那張卡特常坐的長椅望去——「他坐在那裡，還是沒坐在那裡？」

卡斯帕很清楚卡特坐在那裡，卡特總是坐在那裡，但卡斯帕還是說：「不知道。」令克莉絲緹娜更加猶疑不安。克莉絲緹娜很焦急，匆匆喝完棕色蘭姆酒，扯了扯諾拉的裙子，便朝著黑暗跑去，瞬間便消失在夜色中，最後，終於又能從竹編長椅垂下來晃來晃去的白色長腿認出她來。

「因為他按著打火機玩。」後來她這麼說，非常得意自己的推理能力。現在卡斯帕又想起她臉上淺淺的陰影，那是臉孔朝著某樣東西，又與那東西融合在一起的景象。後來，當他跟諾拉決定要回家時，他喊了她的名字，一開始她完全沒反應，過了幾分鐘後才說：「什麼？」聲音困頓溫柔，她從長椅跳下來，安靜地走進吉普車坐下。卡斯帕知道，她與卡特接吻了，還跟卡特許下天知道是什麼的鬼承諾，他覺得糟透了。

但諾拉與克莉絲緹娜是第一次來到這島上。卡斯帕天天都不會忘記說這句話，老是掛在嘴邊，一星期後諾拉不耐煩地說：「卡斯帕，夠了。」

「你們老是大驚小怪，」卡斯帕說：「雞毛蒜皮的小事也可以大呼小叫：看，芭樂，看看看，夜空耶。這真是太可笑了。」

克莉絲緹娜躺在吊床上滿臉睏倦地打了個呵欠，說：「卡斯帕，你待在這裡太久了，你住在這裡，這有很大的差別。」卡斯帕得意地說：「所以我才要說嘛，諾拉與克莉絲緹娜是第一次來到島上。」

卡斯帕不再大驚小怪了，芭樂、芒果、木瓜，跟小孩頭一樣大的檸檬；椰子、藤蔓植物、杜鵑花；還有蜘蛛，在房間跟青蛙一樣跳來跳去，很小很小的蠑螈，以及有毒的蜈蚣。長得像蘋果的阿開木，煮完吃起來卻像蛋；芒果從中切開，就可以用湯匙挖來吃。卡斯帕仁慈地說：「口渴了吧。」從園子取來椰子，把殼敲破，將液體倒入玻璃杯中。諾拉說：「很棒。」帶著一臉「什麼都是第一次」的表情，說：「卡斯帕，夠了，別老是看著我！」

克莉絲緹娜蒐集所有東西：椰子殼、黑色貝殼、阿開木果核、棕櫚葉、火柴、蝴蝶翅膀。「妳收集這些做什麼？」卡斯帕問。克莉絲緹娜說：「就給大家看啊，回家後。」卡斯帕說：「沒人會對這些東西有興趣。」

自從諾拉和克莉絲緹娜來到這裡，卡特幾乎每天都來卡斯帕家。這不算什麼新鮮事，卡特本來就常來，他跟卡斯帕是朋友，幫他照顧農場。但現在，卡特堅持每天背一袋芒果、木瓜跟檸檬，頂著大太陽，走著全是石礫的陡峭坡路到卡斯帕家，沉默地將水果放在餐桌，然後坐在門廊上一動也不動，這種行為還是令卡斯帕感到訝異。他觀察卡特，看他靠坐在藍色門廊椅子上，眼睛半瞇著，抽很多很多大麻，大拇指有一搭沒一搭地按著打火機，注視著諾拉跟克莉絲緹娜。但她們絲毫不受影響，完全不在意，天氣太熱，她們也太親密，根本不會留意陌生人的企圖。早上她們喝不加糖的黑咖啡，接連抽五支黑貓香菸，嘟噥著要卡斯帕弄椰子給她們，總是計畫要做些什麼，從草地跑下去，久久不見人影。卡斯帕覺得自己被排除在外，非常不高興，他想跟諾拉有更多獨處的時間，畢竟這是她們來找他的原因。他說「當時」，說「妳記得吧」，說「我們」以及「我們那時在城裡」，總是這些奇怪的話，克莉絲緹娜嘲弄地挑著眉，諾拉則移開視線。

「那都過去了，卡斯帕。」她說，親了一下他的臉頰，或許想建立一種新的友誼關係，也或許什麼都不要了。

「妳們到底來幹嘛？」卡斯帕問。諾拉的回答總是漫不經心：「因為你約我們來。」或者：「我想來看看你，看你在這裡怎麼生活，你是否變了。」

「那我有變嗎？」卡斯帕自問：「我來這裡是為了**改變**自己？」他不知道答案，覺得受傷，而且被孤立了。

諾拉與克莉絲緹娜天天開著吉普車下山到港口，然後又去某個海灘。「卡斯帕，要一起去嗎？」卡斯帕待在山上，卡特也是，但沒人問他，坐在藍色椅子上不動如山。「好吧，那晚點見了。」諾拉的聲音聽不出半點遺憾，她開著吉普車在草地上左歪右拐地直下砂礫小路，克莉絲緹娜誇張地揮著手，兩三分鐘後還聽得到引擎聲，之後就是一片寂靜。

卡斯帕躺進吊床，從織布縫隙朝卡特望去。卡特縮起左腳，伸出右腳，抓抓頭髮，又繼續保持靜坐不動。他會一直待到晚上，直到諾拉和克莉絲緹娜回來。他會待到晚餐後，很可能還會在這裡睡覺，昨天就是這麼做了，他在廚房的舊沙發上過夜。卡特在卡斯帕家過夜是件新鮮事。卡斯帕並不覺得受到打擾，島上居民過來，不說一聲便待個一兩夜，不說什麼就又離開，是很常見的現象。卡斯帕也可以去布蘭頓那裡，在他床上睡個四天，然後再回家，布蘭頓絕對不會過問。卡斯帕也不問卡特，但他想知道卡特到底看上克莉絲緹娜還是諾拉。是克莉絲緹娜嗎？

克莉絲緹娜和諾拉看著卡特吃飯。不管吃什麼東西，卡特的表情都一樣，機械式地將叉子鏟起食物放進嘴裡，頭稍微朝著盤子前傾，左手平放在桌上，右手拿著叉子。他什麼都吃，臉上毫無表情，也從不說好吃或味道很怪；「他吃，因為他餓。」克莉絲緹娜是這麼想，「因為吃東西就只是為了緩解飢餓，沒有其他意義。」她看著他，有時他也瞇著細細的眼睛看她，直到她垂下目光。她幫他將米飯盛到盤子上，還有阿開木煮鹹魚，她喜歡把食物放在卡特的盤子裡。

夜晚很長，克莉絲緹娜漸漸不耐煩起來。諾拉躺在吊床裡，吹著迪吉里杜管（Didgeridoo）玩，對著夜色吹進悠長、沉悶、顫動的音調。她可以一吹好幾個小時，就連克莉絲緹娜也沒法打斷她的興致。克莉絲緹娜雙手交抱在胸前，在門廊上走來走去，毛毛躁躁，百無聊賴。「卡斯帕，你幹嘛住這裡？」

卡斯帕站在草地上幫杜鵑澆水，克莉絲緹娜靠在廊柱，離他兩公尺遠，擺出一張認真的臉孔。卡斯帕不喜歡這個問題，也不喜歡克莉絲緹娜的毛躁，但他還是回答她：「我猜是因為我在這裡很快樂吧，我是說，比在其他地方快樂。」

「為何？」克莉絲緹娜問，試著專心聽，但其實已經開始無聊了。

「妳自己看看，」卡斯帕站起來，指著叢林與大海，山上的火光，下面海灣港口朦朧的橘色燈光。克莉絲緹娜隨著他的視線望去，卡斯帕想起她們抵達的第一天晚上，她屈膝坐在門廊，直愣愣地瞪著黑暗，很久，很安靜。

「是，」現在她暴躁地說：「是，我知道。可是你一定也想念什麼吧。就像秋天之類的，雪，還是四季，你不是這裡的人。我的意思是說，你會想念城市，你的朋友，你以前的房子。所有這些，你難道不想念嗎？」

「不，我並不想念那些。」卡斯帕說，聲音流露出一點怒氣。

克莉絲緹娜慢慢地從門廊滑下去，朝著他的方向走去。

「這裡大家都聊什麼？卡斯帕，我可不想一輩子都談木瓜跟麵包樹，還是芒果，性與孩子。」

「妳不必。」卡斯帕說。克莉絲緹娜又說：「人總是得做選擇。」轉過身從草地往下走。

「克莉絲緹娜！」卡斯帕在她背後喊著，試圖緩和一下：「明天有人要來飛滑翔翼！」已見不到人影的克莉絲緹娜喊著：「該死的颶風到底什麼時候來？」

滑翔翼飛行員一大清早就到了，但島上居民還是比他早到。他們必定天剛亮就上路了，當滑翔翼飛行員那輛紅色小車慢吞吞地爬上山時，石丘雪丘的村民已經安坐在門廊上一言不發。「飛人。」卡特說，如往常般坐在藍色椅子上，引起一陣訕笑。克莉絲緹娜從眼角偷偷打量他，諾拉蹲坐在陰影下，抽黑貓香菸喝黑咖啡。滑翔翼飛行員在草地上展開塑膠布，抽出鐵桿，流著汗，一根一根接了起來。

天氣很熱。太陽從天空釋放威力，幾乎無風。卡斯帕自問，到底飛人怎麼會想到要從這裡起飛，飛下山丘到海邊，找一個空曠的計程車停車場當降落點。

飛人戴起安全帽，爬進一個像睡袋一樣的東西，卡斯帕心想：「飛行袋。」現在飛人看起來像隻發怒的巨大昆蟲，正面臨著詭異的羽化過程，門廊掀起一陣克制的歡暢。

「飛人飛起來。」諾拉輕聲唱著，克莉絲緹娜坐在她旁邊咯咯笑著，老鷹盤旋於山頂上，遙遠的大海上有船隻一閃一閃。卡特輕輕地趕走蒼蠅，閉上眼睛。飛人跑了起來，飛行袋下的草窸窣作響，滑翔翼騰空升起，石丘和雪丘的村民一排排傳來一陣低語。山頂上的老鷹馭風翱翔。飛人直起身，飛行袋發出嘎吱聲響，滑翔翼往前飛了四公尺，便掉在草地邊緣的蘆葦叢裡，發出一記沉重的撞擊聲。

有人站起來走進屋裡。克莉絲緹娜說：「我去沖澡。」不知不覺間，早晨已變成中午。遠處的船已慢慢駛近港口。諾拉站在廚房裡，用力榨出芒果汁及芭樂汁，將冰塊敲得碎碎的。克莉絲緹娜邊沖澡邊唱歌，坐在藍椅子上的卡特歪著頭睜開眼睛。島上居民跟卡斯帕一起到屋後察看新來的山羊，一陣微風從山上吹來。飛人再一次彎下膝蓋，滑翔翼嘎吱嘎吱響著，騰空升起。先是上升一公尺，然後兩公尺，藍色的亮光一閃一閃，繼續上升，沿著一條美麗的直線滑過草地上方，向叢林飛去，滑翔翼傾斜了一下，不斷升高。只有卡特見到它的消失，樹叢上方小小的雙翼，陽光照在金屬桿上，閃了一下，然後就飛走了，融入海天一色的藍色中；卡特見到船隻幾乎已在港口前了，是一艘準備開往英國的白色香蕉貨輪。

「你必須學會等待，」當天晚上卡特說，諾拉與克莉絲緹娜很失望，因為她們沒看到飛人飛走，「就算再小的事也一樣。」克莉絲緹娜瞪著他，這是卡特第一次跟她說話，她不確定是否該覺得他太傲慢無禮。她說：「再小的事，這什麼意思？」卡特並沒回答，但卡斯帕笑了起來，用英文說：「慢動作，就像一艘橫越海洋的船。」克莉絲緹娜生氣地走出廚房。

收音機颶風特報的次數增加到每天十二次，哥斯大黎加開始第一波疏散行動，下面港口的德國人跟大使館報到，登記飛往美國的航班座位。卡斯帕說，颶風眼會很平靜。他買了烈酒、蠟燭、汽油、碘、OK繃、肉類罐頭和米。

「颶風如果來的話，」克莉絲緹娜遲疑地說，「我就不能飛回家了。」諾拉不作聲，她本來就打算待久一點。

卡特足足等了十七天。到了第十八天，他從門廊的藍色椅子站起來，一把抓住克莉絲緹娜的手腕，當時她手裡拿著紙筆，嘴裡叼著香菸，正要走進屋子裡。

他說：「我喜歡妳。」他的聲音聽起來粗啞，像從未開過口似的。克莉絲緹娜停下來，用不受束縛的那隻手拿下嘴邊的菸，瞪著他看。他的睫毛以一種不可思議的角度往上翹起，眼睛虹膜因大麻而變得黃黃的，他的臉靠她很近，克莉絲緹娜抖了一下，他真好聞。

卡特又重複了一次：「我喜歡妳。」克莉絲緹娜頓時笑了起來，說：

「好，我知道。」手腕從他手上掙開，走進屋子裡。

卡斯帕說：「卡特有妻子還有一個小孩。」

克莉絲緹娜走到門廊坐在他身邊，赤著腳，習慣性地屈起腳來，切下芒果核上最後一塊果肉，說：「我知道，布蘭頓跟我說過了。」

卡斯帕說：「既然知道了，妳會怎麼做？」

克莉絲緹娜放下芒果核，困惑地望著他：「沒啊，我應該做什麼嗎？就是知道而已。我想我不在乎吧。」

卡斯帕說：「他太太叫洛薇，現在不在這裡。兩星期前她回娘家去，因為卡特跟別的女孩有糾葛。」

克莉絲緹娜捏著芒果核周圍，舔舔手指，心不在焉地俯望著港口：「布蘭頓說卡特不會承認的。」

卡斯帕彈掉她手上的果核，以為會惹她生氣，但克莉絲緹娜沒有任何反應。果核滾下草地，卡斯帕說：「這不是重點。」他很想對著克莉絲緹娜的耳朵大喊，他覺得她根本沒在聽他講話。「洛薇本想一個星期後就回來，但她到現在還沒回來。卡特在等她。不管他有沒有說謊，他在等她，妳懂吧。等她和他的孩子。」

「再小的事情也要等，對吧。」克莉絲緹娜惡毒地說，突然帶著孩童般的驚愕直視卡斯帕的臉。「他不會去接她回來，對吧？」

「不會，」卡斯帕說：「通常，嗯，不會。他不會接她回來，但他還是會等。等她回來，他就會回家。」

克莉絲緹娜從草地上撈起芒果核，心頭突然一緊，她說：「他說他喜歡我。」

「我知道，」卡斯帕站起來，「妳就是這裡大家口中的白人小姐。不是因為妳，而是因為妳的膚色，妳最好別攪和進去。」克莉絲緹娜聳聳肩，把頭靠在膝蓋上。

香蕉貨輪停在港裡一星期了。卡斯帕自問，停留這麼長的時間是否因為颶風特報；香蕉早就裝上貨輪了，水手還在碼頭走來走去，他們擦洗甲板，躺在陰涼處，或者一動也不動，沉默地坐在酒吧。他們看起來像蒙古人，更像是愛斯基摩人，圓圓且黝黑的臉，眼睛斜斜的。諾拉及克莉絲緹娜坐在突堤，抬頭看著那艘巨大的白色貨輪；儘管天氣炎熱，甲板上的水手仍然穿著連身帶帽的紅色工作服，且戴上帽子。

「他們要開往哥斯大黎加及古巴，」克莉絲緹娜說：「經過美國往歐洲，我好想搭這種船旅行一次。就現在。我們可以問問他們是否能順便帶我們上路。」

諾拉不說話，抬頭仰望蒙古水手，希望能看到他們的眼睛。克莉絲緹娜的頭靠在諾拉的肩膀上，覺得眼淚就要掉下來了。

「嗳，克莉絲緹娜，」諾拉說，「在這裡叫度假，旅行，妳懂嗎？再多就沒有了。妳打包行李，三或四個星期後又把行李箱全部清空。妳來，待一陣子，然後就離開。是別的事情讓妳難過。妳會回家的，很快就會，但我們不會搭香蕉貨輪到古巴或到哥斯大黎加。」

克莉絲緹娜問：「妳會一起走嗎？」諾拉說：「不，我想我會在卡斯帕這裡待久一點。」克莉絲緹娜側頭看著她，然後說：「到底為什麼？」一邊用力閉上眼睛。

諾拉聳聳肩：「或許我同情他？或許我覺得自己對他有責任，因為之前發生的事？或許我想他需要一點社交？我不知道，留下來就是了。」

克莉絲緹娜重複她的話「留下來就是了」，一邊笑了起來，說：「貝拉方提（Belafonte）的《再會了，牙買加》（*Jamaica Farewell*），聽過嗎？『悲傷的是我得離開，短時間內不會再回來。』」

「我心感到傷痛，我不時回頭望。」諾拉唱著唱著笑了起來，「卡特。那卡特呢？」

「我不知道，」克莉絲緹娜說，「我來，待個幾天，然後就走了。能怎麼樣？」

晚上卡特走到門廊坐在克莉絲緹娜身旁時，卡斯帕和諾拉站起來走進屋子關上門。克莉絲緹娜轉頭訝異地看著他們，想說些什麼，但什麼都沒說。卡特坐在她身邊，一言不發。克莉絲緹娜也不說話，他們看向草地，叢林間有人生火，幾乎無風。克莉絲緹娜感覺卡特的手摸著她的頭，將她的髮圈拉下，稍微扯到頭皮，原本綁起的馬尾散開，頭髮披散在肩膀上。卡特捲起一縷頭髮繞在手指上，再將它撫平，克莉絲緹娜的手臂及脖子上起了雞皮疙瘩。卡特一手圈住她的脖子，克莉絲緹娜的頭向前傾並閉上眼睛，卡特的手輕輕地壓在她的脖子上，克莉絲緹娜感到一陣暈眩。卡特說：「一夜。」「不，」克莉絲緹娜說：「不行。」她站起來，從他手上拿走髮圈，卡特輕聲笑了起來，手掌輕輕拍打大腿。諾拉及卡斯帕沉默地坐在廚房，一臉緊張樣。「真是謝了，」克莉絲緹娜說：「真感謝啊，大可不必這樣。該死。」她走進房間用力關上房門，將櫃子挪到門前。

「還好。」卡斯帕說。諾拉問：「對誰還好呢？克莉絲緹娜還是卡特？」

兩天後洛薇回來了，冷不防地突然出現在山腳下，站在那裡，兩個女人陪著她，一個幫她撐著白色的陽傘，另一個抱著小孩。洛薇站著，一動也不動，抬頭仰望房子。卡特坐在門廊藍色椅子上，眼睛就像平常一樣半睜半閉，看不出來他到底有沒有看到她。諾拉跟克莉絲緹娜正在前往海灘的路上，停下來站在吉普車邊，瞪著洛薇。克莉絲緹娜心想：「這就是她了。」有種喘不過氣來的陌生感。幫洛薇撐傘的女人將傘舉得高高的，洛薇仰望著房子，雙手交抱於胸前，完全沒有更靠近的意思。卡特似乎毫不退縮，諾拉和克莉絲緹娜則沉默地站著，紋風不動。接著卡特站了起來，跳下門廊，一臉陰沉地直直朝著洛薇走去，五步、七步、十二步，克莉絲緹娜數著。在洛薇正前方他停了下來。

白色陽傘稍微傾斜了一下。洛薇說了些話，卡特也回了她，兩人面對面站著。「她說什麼，她到底說了什麼？」克莉絲緹娜悄聲問，諾拉以氣音回答：

「我完全聽不懂！」

卡特轉過身，朝著房子走回去。洛薇轉過頭看著諾拉及克莉絲緹娜。「她在詛咒我們！」諾拉悄聲說，捏了一下克莉絲緹娜的手臂，克莉絲緹娜覺得心跳加快。洛薇抓過陽傘，將它收合起來，三個女人搖臂晃胸地消失了，就像她們出現那樣突如其來。

卡特坐回藍色椅子。克莉絲緹娜每五分鐘就走到門廊，在他身邊晃來晃去，幫杜鵑澆水，清清喉嚨，把椅子搬來搬去，把椰子搬進廚房。卡特完全沒反應，坐在那裡足足兩個小時，然後站起來，沒打半聲招呼便往屋後去。克莉絲緹娜知道，他要走那條通往石丘的捷徑。走那條路必須帶著開山刀，還要有滿肚子的怒氣。

遊戲叫做「想像這樣的生活」，晚上在布蘭頓那裡時可玩，坐在商店前的台階上，抽著菸，喝著蘭姆可樂，抱著一個沉睡的小孩，他的捲髮聞起來有沙子的味道。諾拉想像著布蘭頓，他總是站在破舊的木製櫃檯後面；克莉絲緹娜選擇卡特，自從洛薇回來後，他就未曾出現在卡斯帕的門廊上，而是跟老人玩多米諾骨牌，或者坐在遠處空地邊緣的竹板凳上。

「想像一下，」諾拉說，「想像那是妳的小孩，妳抱著他，他很累，在炎熱長長的一天後。卡特是妳的丈夫，他玩一點多米諾骨牌，喝一點蘭姆酒。妳搖著孩子等待，等他做完一切，然後你們回家，走在石丘的路上，沒有燈，只有天上的星星。卡特抱著孩子走在妳前面，他當然很強壯，因為整天都在農場工作。妳們就這樣走在夜色，走進叢林，有時他得停下來用開山刀開路，這令妳激賞。」諾拉深吸了一口氣，克莉絲緹娜拖著腳在地上發出聲響，不耐煩地說：「繼續！」

「好吧，」諾拉說，「你們當然不會說話，妳有什麼可以跟卡特談的？他最會宰羊，是最強壯的工人，他在山裡有間小屋，床墊底下藏一點錢。這就很多了。妳跟他在一起很快樂，因為全村的女人都因為他而嫉妒妳。回到你們的小屋後，你們將孩子送上床，兩人開始做愛，在黑暗中，可能吧。然後妳就睡著了，明天又是另一天，而妳曾經——妳全都忘了。」

克莉絲緹娜抽著菸，邊聽邊看向卡特，他正在玩多米諾骨牌，偶爾抬起頭來，朝著她露出一個充滿挑釁，似笑非笑的表情。諾拉吐口水抹在腳上蚊子叮咬處，饒有興致地搔了搔癢，說：「換妳了，說吧。」

「等我們大家都走後，」克莉絲緹娜說：「妳給布蘭頓一個吻，關掉收音機，闔上百葉窗，一切都安靜下來。你們收拾玻璃杯，放好蘭姆酒，數了數今天賺的錢。你們考慮，是不是該再買一台冰箱，或是真的買下想了很久的小電視機。布蘭頓是個好人，他賣蘭姆酒、香菸、麵包、ＯＫ繃、紙和筆。人們說他床墊底下有很多錢，妳知道這是不是真的。布蘭頓很溫和，從未跟人大打出手，人們也說他妻管嚴。無論如何，他很愛妳，特別愛妳的頭髮，以及妳喉嚨下方凹下去，白白的那一小塊地方。你們將雞趕出小屋，叫狗進來，再抽一根菸，然後關燈。我想你們睡在商店後面那張小小的行軍床上；小孩，我很確定會睡在櫃檯右下方的大抽屜裡；布蘭頓緊貼著妳的背，雙手環抱著妳，妳睡著了，一切，嗯，都很好。」

諾拉笑了起來，克莉絲緹娜用肩膀頂她，環抱在手臂裡的孩子輕聲呼吸，在睡夢中舞動著雙手。

颶風刮過哥斯大黎加，摧毀許多旅館設施並引發海嘯，兩名漁夫因此喪命。接著颶風出海，在北方離島兩百公里處停了下來。克莉絲緹娜坐在山腳下眺望地平線。收音機繼續一天播放十二次颶風特報，島上居民說，度假村的遊客幾天前就離開了。使館打電話來，問卡斯帕要不要預訂到美國的機位，卡斯帕拒絕了。他很不安，比平常少去農場工作，修理屋頂及木製百葉窗，將椰子搬進地窖。石丘及雪丘的居民頭頂著籃子過來，並將籃子放在屋子裡。

坐在山腳下的克莉絲緹娜說：「我要它來。」她雙手遮著眼睛，天空亮白得耀眼，一片雲都沒有，「我要颶風過來，去他媽的。」

「真來的話妳會嚇到屁滾尿流，去他媽的。」卡斯帕這麼說。他站在她身後，看著她的頸子，那裡已曬成棕色，肩膀已經開始脫皮了。「妳會哭泣，妳會尖叫，颶風不是鬧著玩的，颶風很恐怖。妳要它幫妳做決定，但不能以這個島為代價，也不能犧牲我。」

克莉絲緹娜轉過身對著他，帶著一臉驚訝的誇大表情，卡斯帕臉色發白，咬著嘴唇。

「聽聽，」克莉絲緹娜低聲憤怒地說：「你在說什麼。」

「我打電話給航空公司，」卡斯帕低聲回答：「妳兩天後的飛機完全沒問題，到週末前航班一切正常，要到妳回到家之後，颶風才會真正撲來。」

克莉絲緹娜沒有回答。她赤裸腳板底下的草又尖又硬。我想有卡特那樣的腳板，她心想，像個殼一樣，不管踩到什麼都不會痛。諾拉站在門廊，留意他們的動靜，克莉絲緹娜坐著不動，諾拉轉過身，走進屋子裡。

在這最後的晚上，克莉絲緹娜當然吻了卡特。卡斯帕並不想去布蘭頓那裡，但克莉絲緹娜想去，諾拉也想，所以他們就去了。卡斯帕開著吉普車從碎石路下去，車頭大燈的白色光束在十足的黑暗中顯得如此詭異，一隻巨大無比的飛蛾撞上擋風玻璃，克莉絲緹娜握住諾拉的手。在布蘭頓那裡，孩子們剛踢完足球回來，老人坐著玩多米諾骨牌，布蘭頓有了新冰箱，四處不見卡特的蹤影。

克莉絲緹娜覺得不安而且悲傷，緊張地瞪著一張張黝黑的臉孔，想喝棕色蘭姆酒，急切地想喝。「好棒的冰箱，布蘭頓。」布蘭頓笑了笑，非常自豪，將所有可樂冰進冷凍庫，幾分鐘後就結成一團團厚厚的棕色冰塊。「卡特在嗎？」克莉絲緹娜問，一臉期待地望著卡斯帕，他沒給出答案，諾拉認為他應該坐在竹板凳上；那裡坐著個人，一個影子，無法看清楚是誰。

克莉絲緹娜喝著蘭姆酒，抽了一根又一根的菸，無論聽誰說話都心不在焉。黑暗中偶爾傳來按打火機的金屬撞擊聲，聽到第四次時克莉絲緹娜終於意識到那是什麼聲音，立刻朝著竹板凳跑過去。「卡特？」卡特露出白色牙齒，克莉絲緹娜在他旁邊坐下，喘著氣，帶著一顆狂跳的心靠在他身上，什麼話也沒說。

諾拉和卡斯帕走到外面，在商店台階上，沐浴在明亮的燈光下。布蘭頓忙著研究他的新冰箱，孩子們圍坐在諾拉身邊，扯她又長又直的頭髮。

「妳還會來嗎？」卡特問，克莉絲緹娜立即答道：「會。」連眼都不眨的謊話，她靠在他身上，想嗅出他身上到底是什麼味道：汽油、泥土、蘭姆酒還是大麻？統統都很陌生。老人們將骨牌推倒在桌上，一個孩子坐上諾拉的大腿。

這世界從中一分為二，克莉絲緹娜晃著雙腳，接著卡特捧住她的頭，吻了她。她驚訝地發現，他的下巴竟然發出喀喀聲響，「想像這樣的生活」遊戲如同一張紅白交錯的紙突然閃進她的思緒。她吻著卡特，心想他的嘴巴實在太小了，對他這個人來說。當卡特下巴喀喀作響地吻著克莉絲緹娜時，一邊睜大眼睛朝著商店的方向窺探，當布蘭頓抬眼望過來時，他馬上鬆開她。卡斯帕轉身跟布蘭頓說話，諾拉悄悄地拉長脖子，克莉絲緹娜知道，她必定正在設法看清楚竹板凳這裡發生什麼事。

「妳再來的時候，我們是不是就會在一起了？」卡特問，克莉絲緹娜答道：「當然我們就會在一起。」再一次說謊，然後想著這個島，重新再想一遍。她會和卡特住在一起嗎？不然住在哪裡？洛薇呢？還有卡特的孩子？四個星期還是五個星期？她吻著卡特，小心翼翼地用手指碰觸他的掌心。杯子裡剩下的蘭姆酒很甜，但吞下去仍會灼燒喉嚨，克莉絲緹娜昏亂地想，在家喝蘭姆酒跟在島上喝蘭姆酒真的完全是兩回事，突然聽到卡斯帕喊著她名字。卡特抱緊她，這回還是沒閉上眼睛，然後克莉絲緹娜掙開他，往回喊：「什麼？」聲音陌生得連自己都不認得。卡特也沒說「再見」，她從板凳跳下來，走進吉普車坐下。卡斯帕責備地望著她的臉，她別過頭去。

載她去機場的計程車凌晨四點就到了，直到三點，克莉絲緹娜都以為諾拉會半睡半醒地出現在房間：「克莉絲緹娜，現在我跟妳一起走。」

諾拉沒出現。克莉絲緹娜坐在沙發上打盹，又立刻驚醒，房子四周都是風聲。再打開門，再坐在門廊——卡特的藍色椅子上？不可能了。克莉絲緹娜寫了張紙條給諾拉，藏在迪吉里杜管裡。到了四點，計程車的車燈閃閃爍爍地抵達山丘上，太陽就要從海面上升起，就快了。克莉絲緹娜將背包放進後車廂，坐上副駕駛座，繫好安全帶。計程車司機累到不想講話，只問：「機場？」克莉絲緹娜點點頭，閉上眼睛。

颶風從我們旁邊掃過，後來諾拉寫信給克莉絲緹娜，現在整天都是大太陽，卡斯帕貯存的米都被我們吃光了。卡特想念妳，他說妳很快就會再來，我說：對。

宋雅

宋雅很柔軟，我說的不是「身段柔軟」那種柔軟，不是指身體。宋雅柔軟的地方是她的腦袋，這很難解釋。或許可以這麼說吧，她允許我將一切投射到她身上；她允許我將她看作任何一個我希望的角色，她可以是陌生人，可以是繆思，可以是一個在街上偶遇卻錯過了，多年後仍然覺得遺憾的女人。她可能愚蠢、迂腐、憤世嫉俗或者聰明；也可以令人拍案叫絕，美到不可方物；而在某些時刻，她就是個女孩，裹在棕色大衣裡黯淡灰白，毫不起眼。我以為，她之所以這麼柔軟，根本就是因為她什麼都不是。

從漢堡到柏林的火車上，我遇見宋雅，那是在我去找薇瑞娜後回家的途中。我在薇瑞娜那裡待了八天，深深愛上她。薇瑞娜有張櫻桃小嘴，一頭烏黑亮麗的秀髮，每天早上我都會幫她綁成兩條粗粗的辮子，然後散步到港口邊。在她身邊，我總是雀躍不已，喊她的名字，嚇飛海鷗，我覺得她真棒。她拿著相機拍碼頭、駁船以及小吃攤，說很多話，一直被我逗笑，我唱著「薇瑞娜，薇瑞娜」，一邊吻她的櫻桃小嘴。我有強烈的慾望，想要趕快回家工作，趁著她頭髮的氣味還留在我手上時。

當時是五月，火車穿越從前的布蘭登堡領地，在傍晚長長的陰影下，草地顯得格外青翠。我想抽菸，遂離開包廂，外面走道上就站著宋雅。她正抽著菸，右腿頂著菸灰缸；當我走到她身邊時，她不由自主地拱起雙肩，感覺說不出的怪異。情況其實再普通不過——行經漢堡與柏林之間的高鐵列車走道上，兩個人，因為都想抽菸，偶然站在一起。但宋雅瞪著窗外，帶著一股不可思議的固執，整個人擺出來的姿態就像聽到防空警報一樣。她長得一點都不美，在我們初遇的這一刻，她跟美麗完全沾不上邊，站在那裡，穿著牛仔褲跟一件過短的白色襯衫，金色直髮，臉孔顯得既怪異又老氣，就像十五世紀的聖母畫像，削瘦的臉龐顯得太尖。我從側邊看她，感覺不太舒服也有點生氣，因為性感的薇瑞娜在我的記憶中漸漸淡出。我點起一根菸，邊抽著菸邊走過她身邊時，有股衝動想在她耳邊說些淫穢的話。最後當我轉身，準備走回原來包廂時，發現她正瞪著我看。

我的腦袋突然閃過嘲諷的念頭，大約是她現在竟敢這樣看著我之類的，火車轟隆隆地往前行駛，後面包廂中傳來孩子的尖叫聲。她的眼睛並不特別，有點綠，不大，且兩眼距離很近。我看著她，什麼念頭都沒有，她回看著我，眼神中不帶絲毫的情慾，沒有挑逗的意味，一點都不溫柔，而是帶著一種嚴肅及直率的神態，惹得我幾乎想揍這張臉一拳。我朝她走近兩步，她流露出一絲笑意，然後我就走進我的車廂裡，用力關上包廂門，幾乎有些喘不過氣來。

火車停在柏林動物園站時，天色已黑，下車後我莫名地覺得輕鬆，感覺能嗅到這個城市的氣味。天氣很溫暖，月台上都是人，我搭手扶梯朝下往地鐵站去。雖然我並沒想要找她，但卻馬上發現她就在我前方三、四公尺處，右手提著一個小小的紅色帽箱。她的背影看起來是那麼令人難以抗拒，我咬著牙裝作不在意。在雜誌攤前我停了下來，想買菸跟晚報，然後她就出現在我身邊，說：「我等你。」

她並不是發問，而是肯定地說出來，眼睛看著地板，聲音並沒有半點羞澀，而是沉穩，略為沙啞。她年紀很輕，看起來大約十九、二十歲，我不再覺得不快，反而產生某種優越感，我說：「好。」心裡並不明白為何會答應她。付了菸及報紙的錢，我們一起走向地鐵月台，車來後我們一起上車。她一言不發，放下可笑的帽箱，就在氣氛變得尷尬前她開口問我：

「你從哪裡來？」這次真的是問句。我本該告訴她我去漢堡找女友，但不知何故，我竟回她：

「我跟父親去釣魚。」

她看著我的嘴，我並不確定她是否聽進我的話，但我突然知道，她已決心要得到我。她必定之前就看過我，可能在漢堡，或是在柏林。在我第一次看到她之前，她已認得我。而在我站在她旁邊抽菸時，她雙肩拱起是因為她準備開始行動。情況全在她的算計之下，她知道事情會怎麼演變，現在，我開始覺得她有點恐怖。我背起背包，說：「我要下車了。」她飛快地從帽箱裡取出一枝筆，在一張紙上寫了些東西，塞到我的手心：「你可以打電話給我。」

我沒說話，逕自下車，連再見都沒說，把紙條放進外套口袋，並沒丟掉。

這一年的五月明媚暖和，我總是早起，窩在畫室工作，寫了無數的信給薇瑞娜。她不怎麼回信，但有時會打電話來，跟我說些故事，她的聲音及輕快的態度帶給我莫大的滿足。後院椴樹花開得正艷，我跟土耳其孩子踢足球，邊想著薇瑞娜，卻沒有相思之苦。天色暗下來後我便出門，這座城市有種醺醺然的喧鬧，我去喝酒跳舞，總會遇到一些看對眼的女人，但一想到薇瑞娜，我便獨自回家。

兩個星期後，我在外套口袋裡發現宋雅的紙條，大而圓潤的數字是她的電話號碼，下面只寫著名字，我輕輕地唸給自己聽：「宋雅」。然後我撥電話給她，她接起電話，就像這兩個星期都站在電話旁邊，什麼事都沒做就只是等我打電話過去。我不必多說什麼她馬上知道我是誰，於是我們約好晚上在一家岸邊咖啡館見面。

我掛斷電話，一點都不後悔，接著打給薇瑞娜，愉快地對著聽筒吼著我愛她愛到快瘋掉。她咯咯地笑說三週後會到柏林。接著我繼續工作，一邊用口哨吹著《野東西》（*Wild Thing*）的曲調。接近傍晚時我出門，手插在口袋，一點都不興奮。

宋雅遲到半個小時，當她進來時，我正坐在吧台點第二杯酒。她穿著一件老氣到不行的紅絨洋裝，發現她引人側目令我相當惱怒。她蹬著一雙過高的高跟鞋朝著我走來，說「哈囉」及「抱歉」，我幾乎衝口而出，說我覺得她很爛，這種打扮，這麼不準時，整個人都爛。但她哂笑著爬上吧台椅，從一個迷你背包裡掏出香菸，我的怒氣頓時化為興味。我喝著酒，捲了一支菸，朝她笑了笑，開始說話。

我說起我的工作，我父母，我的釣魚嗜好，還有我朋友米克，以及美國。

我說到那些在戲院裡把糖果紙弄得窸窸窣窣響的人，說到法蘭西斯·培根及波洛克還有安森·基弗（Anselm Kiefer）；我聊到丹麥，後院那些土耳其男孩，還有我媽十年前的情人，如何烹煮羊肉及兔肉，足球，以及希臘。我談到基烏斯及雅典，胡蘇姆沿海的波濤，還有挪威夏天鮭魚產卵。我可以用我的話淹死宋雅，她連半聲都不會吭，就只是坐在那裡，手撐著頭，看著我，抽很多很多菸，然後只喝一杯酒。她聽我說了足足四個鐘頭，我真的相信這段時間內她一句話都沒說。當我說完後，我付了我們兩人的錢，跟她說晚安，叫了輛計程車回家，睡了八小時無夢的好覺。

我馬上將宋雅拋到腦後，開始準備我的展覽。六月來了，薇瑞娜也來柏林了。她幫我把空瓶拿去退，買了一堆食物，用丁香花束塞滿廚房，而且隨時都可以和我上床。當我工作時她在屋裡唱歌，幫我擦窗戶，跟漢堡的朋友講好幾個小時的電話，不斷跑進畫室跟我說她們講了什麼。我幫她梳頭髮，幫她照各種不同角度的相片，開始提到小孩和結婚。她個子很高，總會惹得街上的男人回頭看，她聞起來很香，而我是認真的。

月底畫展揭幕，薇瑞娜到車站接她的朋友，我在畫廊不安地走來走去，再一次重掛最後一張畫，感覺好緊張。七點左右薇瑞娜來了，將朋友趕到我的畫作前一一瀏覽，我走出畫廊，想安靜個五分鐘。我過了馬路，就在那裡，宋雅站在一棟房子大門前。至今我仍然不知道她到底是偶然經過，還是透過某種管道知道這場畫展。她只知道我的名字，我也沒告訴她任何關於畫廊的事。她站在那裡，看起來非常憤怒，帶著驕橫跋扈的怒氣，然後她說：「你說你會跟我聯絡，但你沒有。我覺得很糟糕，所以想知道為什麼。」

她的狂妄真是令我震驚，我有點生氣，又覺得不安，說：「我女朋友在這裡，我無法分身，我也不想。」

我們面對面站著，互瞪對方，我想她也太沒禮貌了。她的嘴角開始顫抖，我也開始覺得事情似乎很不對勁，她說：「那我還是可以進去嗎？」我說：「好。」轉過身，走回畫廊。

二十分鐘後宋雅走進畫廊，那時人已經很多了，沒人注意到她，但我仍然馬上看到她。她滿臉嚴肅，故作矜持地走進來，顯得幼小脆弱。她找我，我看著她，又看向站在吧台邊的薇瑞娜。宋雅隨著我的目光看過去立即明白一切。我並不怕她鬧場，根本也沒有什麼不可告人的事情，儘管我知道那是可能的，不過也確定不會發生那種事。我看著宋雅，看她在我的畫前心神不寧，唯一出賣她的，是她在每張畫前都停留半小時之久。我坐在椅子上看她，喝了一堆酒，薇瑞娜不時過來跟我說些類似「以你為傲」之類的話。我感覺很不錯，但即便如此我仍然感到一股陌生的不安。宋雅並未再看我一眼，站在最後一張畫前瞪著看了十五分鐘後，她毅然走向大門離去。

七月薇瑞娜回漢堡。我對她並未感到厭倦，並且確信這一生將會與她一同渡過。但當她離去後，廚房裡的丁香花束全都枯萎，空瓶愈積愈多，畫室裡塵土飛揚，而我並不想念她。城市這幾個星期都籠罩在一層黃光裡，很熱，我總是光著身子躺在房間木頭地板上看著天花板消磨時間。我沒有不安，也不煩躁，只是很累，處在一種情感麻木的奇怪狀態。或許因為這樣所以我又打電話給宋雅，雖然我覺得整件事根本毫無希望，但，天啊，那正是炎夏時節，後院坐著土耳其婦女正在拔鵝毛，白色羽毛到處飄，甚至飄上我的窗前。我撥了宋雅的號碼，響了十聲或二十聲，她不在家，無論如何她沒接電話。我試了又試，有種幾近瘋狂的慾望想要折磨她，想要讓她難受。宋雅卻置身事外。

她置身事外約有四個月之久。一直到十一月，我才從畫廊那裡拿到一張她寄來的明信片，封面是某個充滿契訶夫氛圍的社團黑白照，背面是派對邀請函。

我擦亮鞋子，在皮夾克還是大衣之間猶豫良久，最後決定穿皮夾克，然後在午夜時分出門。我有點緊張，因我知道在這場派對上沒有我認識的人。我在工業區繞了很久，當時宋雅住在那附近。她住的那棟房子位在施普雷河畔，夾在一家報廢車回收場及一家工廠之間，是一棟灰暗的老式出租公寓，此時除了四樓窗戶透出亮光之外，其餘一片黑暗。走廊燈壞了，我摸黑走上樓梯，不知該笑還是生氣，突然覺得一切實在太強人所難。不過我還是走到上面，房門大開，有人把我拉進房間走道，宋雅站在那裡。她靠在牆上，看起來有些醉了，帶著一種勝利者的自信神情對著我微笑，第一次，我有了她很美的念頭。她身邊站著一位矮小的女人，穿著一件墨綠色的長洋裝，頂著一頭非常蓬鬆的紅髮，宋雅指著我對她說：「就是他。」

她邀請了約五十人來參加派對，我相信其中極少數是她的朋友，但正是這些客人、臉孔及人物的組合，使得施普雷河畔這棟老舊公寓大樓似乎開始脫離現實。這種感受對我來說其實很陌生，但有時——極為少有——就是有些派對讓人難以忘懷，而宋雅的派對就屬於這種。三或四個幾乎全空的房間點著蠟燭，屋裡某處傳來湯姆．威茲的歌聲，我沒醉，但一切開始變得模糊。我走進廚房拿了一杯酒，漫步穿過宋雅的房間，跟一堆奇怪的人說了一堆奇怪的話。宋雅似乎無所不在，不管我在哪裡，她都會出現在房間另一邊，但也可能是我總是在她附近出現。她邀請了一堆對她有意思的男人，身邊總是圍繞著一群又一群的年輕男人，但那位紅髮女人大多跟在她身旁。宋雅喝了一杯又一杯的伏特加，手上永遠拿著一根菸。我們各自跟不同的人說話，越過整個房間互望。我相信我們根本沒跟對方講半句話，也不需要，顯然她很高興我來，而我也很喜歡能在她的注目下，在她屋子裡四處走動。

不知何時我看到她跟一個手腳明顯很不靈活的高大男人站在房門口，她靠在她身上，我的胃輕微地縮了一下。然後大約半小時後，她就不在了，就這樣不見了。

窗戶前的光線變得灰暗，我在所有房間穿梭，尋找她的身影，但她不在了。那位矮小的紅髮女人朝著我走來，臉上的笑容就像宋雅幾個小時前一樣充滿優越感，她說：

「她走了。她最後總會離開。」於是我喝完手上的酒，穿起夾克也離開了。我想，我是希望她會在下面等我，雙手插在口袋在冷風中微微發抖，但她當然沒有等我。晨光下的施普雷河如鋼鐵般，我沿著街道蹣跚地走著。天氣很冷，而且我還知道自己非常生氣。

之後我幾乎每晚都與宋雅見面。我又開始早起，喝兩壺茶，洗冷水澡，然後開始工作。快到中午時會睡個一小時，然後喝咖啡，看報，繼續工作。我陷入一種狂野冷酷的圖像與色彩的瘋狂境界，覺得自己未曾如此清醒過。宋雅總是晚上很晚才來，有時她很累，累到在餐桌上睡著，但她總會過來，而且看起來總是那麼勇敢。我會為我們兩人煮些東西，一起開瓶酒來喝，當我收拾畫室時，她穿著襪子悄悄跟在我身後。

我讓她進我的房間及我的畫室，讓她坐在餐桌邊，坐在我一堆筆記中間，我在她面前洗照片，畫小幅素描，而我並不知道，這些對宋雅來說都是禮遇。她以她的方式待我非常認真，總是帶著幾近虔誠的神態進入我的畫室，以參觀博物館敬畏的神情站在我的畫前，坐在我的餐桌前彷彿獲得覲見。她並未打擾到我，因為我根本不知情。我不覺得她煩，因她太自我也太固執。我根本沒注意到宋雅正一點一點侵入我的生活。在那些夜晚，她對我而言只是一個疲倦的小人兒，對某件事非常執著，並以她那種奇特的方式陪伴著我。坐在我身邊，聽我說話，給我受人重視的虛榮感。

宋雅什麼都不說，幾乎完全不說。至今我仍然不知道她的家庭，她的童年，她的出生地，她的朋友。她以什麼維生，我也毫無概念，是自己賺錢還是有人養她？是否有任何職業抱負，想往哪個方向發展，發展什麼？唯一一個她會提到的人，就是我在她的派對上見過的那位矮小的紅髮女人。除此之外她誰也不提，更不用說男人了，儘管我相信她一點都不缺。

在那些夜晚都是我在說話，就像自言自語一樣，宋雅只是聽著。我們也常常沉默，但這樣也很好。我喜歡她對特定事物的熱情，像是初雪，她可以像個孩子般雀躍不已；或是巴哈管風琴協奏曲，她總是在我的黑膠唱盤上一遍又一遍地播放；還有飯後的土耳其咖啡，清晨六點的地鐵，在夜裡觀察我家後院每個燈火通明窗戶後的各種場景。她會從廚房偷拿一些小東西，像是核桃、粉筆和手捲菸，如聖物般藏在她的大衣口袋。幾乎每晚都會帶些書過來，放在我桌上，總是請求我讀這些書，而我從未做到，也拒絕跟她談論這些書。若她在餐桌睡著，我會讓她睡個十五分鐘，然後像老師一樣將她叫醒。等我換完衣服後我們會一起出門，宋雅挽著我的手，著迷於我們在剛落雪的院子裡留下的唯一足跡。

我們從一家酒吧喝到另一家，只喝威士忌和伏特加，有時宋雅會離開我身邊，坐在吧台另一處，假裝不認識我，直到我笑著喚她回來。不斷有人跟她搭訕，但她總是立即抽身，帶著一臉自負的神情回到我身邊。我一點都不在乎，但她奇特的魅力令我感到虛榮，我觀察她，帶著一種類似做學問的興趣。現在想來，當時我偶爾會希望她跟某個追求者一走了之，但她總是留在我身邊，直到天色微亮，我們離開酒吧，瞇著眼睛迎向一縷縷灰白的晨光。我跟她走到公車站，等著，直到公車到來。然後她上車，看起來顫抖且悲傷，我揮了揮手便離開，思緒立刻回到自己的畫作上。

現在想起來，在那些夜晚我應該很快樂。我知道人們總是美化過去，記憶撫慰一切。或許那些夜晚只不過是很冷，帶著一種憤世嫉俗的惡趣味。但現在我卻覺得它們如此重要又如此失落，令我感到痛苦。

那段時間薇瑞娜出門遠行，去了希臘、西班牙及摩洛哥，寄給我的明信片中有棕櫚海灘，也有騎在駱駝上的阿拉伯人，有時她也會打電話給我。若宋雅剛好也在，就會站起來走出去；直到我故意弄出聲響及挪動椅子代表講完了，她才會再進來。薇瑞娜總是在聽筒的那一端大吼，通話常常斷斷續續，夾雜著一陣海濤或一陣風，至少聽起來是這樣，這也成了我突然變得寡言少語的救星。我未曾忘記薇瑞娜，總想著她，也還是寄信及照片到她漢堡的家，我很高興她打電話來。這一切都和宋雅沒有關係，如果有人問我是否愛上宋雅，我一定會很驚訝且斬釘截鐵地說不。薇瑞娜卻感覺出不對勁，她對著電話吼說我跟她是不是已經沒什麼好說的了，她想知道我是不是常背著她找其他女人，我不禁大笑，然後她就掛斷電話。

一月時我收到一張來自阿加迪爾的明信片，告訴我她三月底的歸期：我春天回來，她這麼歷寫著，我會待很久。我把明信片放在餐桌上，等著讓宋雅發現，我知道她習慣翻看我桌上的筆記及文件，不是出於厚顏無恥的好奇。那天晚上我從門口注意她，看她站在桌邊看著一張照片，拿起我的粉筆到處畫，捲了一支菸，接著看到那張正面是煙火照片的明信片。讀完後手握著明信片，一動也不動地站著，接著轉向我，彷彿知道我就在那裡看著她。

「喏。」我說。她沒說話，只是直愣愣地看著我，我幾乎要害怕起來。我們一起出門，一切都不對勁，我有些愧疚，但也很惱怒，感覺似乎該跟她做些解釋，但我不知道該解釋什麼。這一晚，她首次在我家過夜。之前我從未親吻過她，也從未碰過她，我們只在夜裡手挽手走在街上，只是這樣而已。在我進浴室時，她換上我的襯衫，出來後她已經坐在我的床上牙齒打顫。那天冷得不得了，我躺到她身邊，背對背，只有彼此冰冷的腳板真正接觸。宋雅說：「晚安。」她的聲音溫和微小，我起了憐惜之心，有股很不真實的感動。我一點都沒勃起，當下根本沒打算與她做愛，但是當我從她平穩均勻的呼吸中發現她已睡著時，仍然覺得受到羞辱。我清醒地躺在床上好一陣子，被窩漸漸暖和起來，我輕輕地用腳摩娑她的腳。我還記得，跟她睡覺或摸她胸部的念頭感覺就像亂倫一樣。我問自己，若我親吻她又會如何，接著我就睡著了。

第二天早晨她就走了，餐桌上留了一張撕下來的小紙條，上面寫著問候。我回到床上，換上昨夜她穿的那件襯衫。

就這樣她又消失了。隔天晚上她沒來，再隔一天也沒出現。我等了三個晚上，便開始打電話給她。她沒接電話，或者根本不在家。我開始白天在城市裡亂逛，無可救藥地坐在那間她有時會提起的咖啡館，或在施普雷河畔的老公寓大樓前一站就是好幾個小時。她仍然無影無蹤。她房間的窗戶從未亮過，但門前仍貼著她的名條，而我有時為了查驗而放在門框下的小紙片，也總是被移動過。她以她的方式避開我，當三月來臨時，我已厭倦找她，開始為薇瑞娜歸來做準備。

我整理房子，設法抹去宋雅造訪過的痕跡，但實際上根本沒留下任何蛛絲馬跡。三個月與這個疲倦迷人的小宋雅在一起什麼都沒留下。我什麼都沒找到，對自己發了頓脾氣。這麼久之後，我終於再次打電話找我朋友米克，我們去打撞球喝啤酒，跟女人跳舞，一整個星期喝遍城市所有酒吧。我一而再、再而三試著告訴他宋雅的事，但總是頹然而廢，我根本不知道自己到底該說什麼。

三月底，屋頂最後的積雪融光了，燕子歸來。我送給土耳其男孩一顆新足球，並將頭髮剪短。我總是在等待，直到一天晚上薇瑞娜突然出現在門前，我就不再等待了。夜裡我在薇瑞娜身邊睡著，清晨在她身邊醒來，幫她把頭髮編成辮子，送她一台濃縮咖啡機。她似乎想要久待，我並未問她要待多久。我工作，她走遍整座城市；晚上一起去戲院看電影，坐在河邊的咖啡館。薇瑞娜將她的衣物掛進我的衣櫃，開始在街角的酒吧工作。當電話響起，她會去接電話。米克說，她可能是他見過最美的女人，我很同意他的說法。日子開始有了自己的規律節奏。我覺得很舒服，可能也算幸福，但絕對是非常平靜。院子裡的椴樹開始開花，城裡迎來夏天第一場雷雨，天氣熱了。走在街上偶爾會感覺有人緊跟在後面，轉過身去卻看不到任何人，但狐疑的感覺一直存在。在某些剎那我會期盼些什麼，但無法確切知道自己要什麼，也許是一件不尋常的事，也許是一種震撼，也許是一種改變。只是期盼來得快，去得也快。

六月某個上午，我們騎腳踏車到南邊施普雷河邊的戶外游泳池。薇瑞娜付了兩人的門票，宣稱她太想念水了，光著腳走在草地上，搶在我前面到處找空位。最後得意洋洋地停在一棵樺樹的小小陰影下，鋪上毛巾坐下去。而她身邊正坐著宋雅。

我的心臟怦怦直跳了好一陣子。腦袋閃進一個念頭，這一擊應該就是我一直期盼的改變，打斷生活節奏的絆腳石。我站在那裡，看著薇瑞娜又看宋雅，宋雅從正在閱讀的書中抬起頭，看到我，然後看著薇瑞娜。

我說：「我不要坐這裡，薇瑞娜。」一邊看著宋雅的臉，很奇怪，那張臉似乎裂開來。她頭髮留長了，褐色的皮膚在藍色泳裝下顯得非常瘦。我對這一切感到極端抱歉，薇瑞娜的聲音從很遠的地方傳來：「整個泳池能找到最好的地方就是這裡了。」她似乎什麼都沒發現，我感到腦袋嗡嗡作響。宋雅緩慢地站起來，如夢遊般穿上一件紅色洋裝，轉身就離開。薇瑞娜說了些什麼，我完全聽不懂，只知道她的聲音並未流露出任何懷疑，於是我把包包放在她身邊，追著宋雅的身影離開。我在游泳池出口追上她。她走得很快很直，從後面看她的背影就像一支小紅棒，我幾乎跑了起來，才追到她身邊抓住她的手臂。她的皮膚在陽光下發燙，那張異常嚴肅的臉孔轉過來看著我說：「我們要見面還是不要。」

語氣就像她當時在火車站對我說的：「我等你。」我覺得自己像個傻瓜不知所措，然後說：「要。」她說：「這不就結了。」轉身走出大門走向馬路。我看著她，直到她消失在我的視線中，然後回到薇瑞娜身邊。薇瑞娜仰躺著曬太陽，完全沒發現出了什麼事。之前宋雅坐的草地被壓得平平的，我瞪著她留下來的兩三根菸蒂，努力控制住自己不要發狂。

我不必送走薇瑞娜——我也不會，我可以偷偷跟宋雅見面——她自己要走。她宣稱不想在我工作階段（不管這是什麼意思）打擾我，她收拾好行李，辭掉酒吧的工作要回漢堡。我想，她已經厭倦我了，她已經確定我愛她，確定後就可以離開了。我送她到火車站，心情非常沮喪，並且罕見地感傷。我對她說：「薇瑞娜，後會有期。」她笑了，說：「好。」

這個夏天是宋雅的夏天。我們划船，沿著河划到湖上，我載著宋雅划過光滑如鏡的蘆葦綠水面，直到我雙臂發疼。我們在村裡的小酒館吃晚餐，火腿拼盤配啤酒。宋雅的雙頰發紅，頭髮在落日餘暉下閃閃發亮。我們搭火車回家，手上抱著宋雅摘來的野花花束。這個夏天我工作得少，老是研究附近的地圖，想游過所有的湖。宋雅總是背著滿滿是書的背包，讀一段給我聽，或朗誦一首又一首的詩。夜晚依然溫暖，我們數著身上被蚊子叮咬的包，我教她用草葉吹出旋律。夏天是一串明亮藍色的日子，沉浸於其中的我一點都不訝異。我們在宋雅那裡過夜，透過又高又大的窗戶可以看到施普雷河，我們並未做愛，也不親吻，幾乎不碰對方，實際上從來沒有碰過。我說：「妳的床是一艘船。」宋雅一如往常不作聲，但整個夏天她看起來就像個小小的勝利女神。

七月底，我們坐在黎北克空蕩無人的小火車站裡，等著搭晚班列車回城。宋雅開口，說：

「有一天你會和我結婚。」

我瞪著她，打死一隻停在手腕上的蚊子。天上霞光豔豔，森林籠罩在青色的薄霧下，我說：「什麼？」宋雅說：

「沒錯，結婚。我們會有小孩，一切都會很好。」

我覺得她實在笨得可以，我覺得她既可笑又愚蠢，世上沒有什麼比跟宋雅結婚生小孩更荒謬的事，我說：

「宋雅，這太可笑了，妳應該最清楚的。我們怎麼可能——有小孩？我們甚至沒上過床。」

宋雅站起來，點了一根菸，踢走一顆小石頭，雙手抱在胸前：「那麼，為達這個目的我們應該來做。只是為了目的，沒問題的，我懂。」

我跟著站起來，感覺要說服一個不講理的孩子認清現實：「妳沖昏頭了，宋雅。什麼叫一切都會很好？這是什麼鬼話？一切本來就很好，我們也不會結婚。」

鐵軌開始晃動，尖銳的聲音傳來，一列火車出現在遠處。宋雅踩了下左腳，丟掉菸蒂，執拗地朝著鐵軌走去。她跳下月台，在碎石中跌了一下，最後張開雙腳跨站在鐵軌上。火車愈來愈近，而我坐了回去，宋雅憤怒地大喊：「跟我結婚，要，還是不要？」我忍不住笑了，大聲吼回去：「親愛的宋雅，要！我們結婚，只要妳高興！」宋雅也笑了，火車疾駛而近，空氣中充滿金屬的味道。我叫著她的名字，低聲且驚恐。然後她從鐵軌躍上月台，火車轟隆隆地駛過，她說：

「現在我還不要，你知道的。但之後，之後我會想要。」

進入秋天之後我們較少碰面，然後她離開了一段時間。某天早上她站在我的門前，身上已穿著冬季大衣，她說：「親愛的，我得出門一陣子，想先喝杯茶再走。」

我讓她進屋，準備燒開水，她在我屋裡走來走去，顯得心神不寧。我問她要去哪裡，她說她得去工作，一個月，然後會回來，她顯然就像平常那樣不想多說。我們默默地喝茶，然後她站起來，抓著我的手將我拉起，抱住我。

我緊緊抱著她，對她的認真毫無抵抗力，她說：「好好照顧自己。」就這樣走了。

之後發生的事全都源於恐懼。我相信，我怕宋雅，怕突然之間似乎就真的要跟這個奇特矮小的女人一起生活，她不說話，不跟我上床，總是用大大的眼睛瞪著我，而我對她幾乎一無所知，而我可能是愛她的，說到底的確是的。

我有種感覺，不想再失去宋雅，突然之間覺得自己不能沒有她，很想念她。我怕她不會回來，但我也希望她離開，永遠不要回來。

一個月過去了，我收拾了一個小行李箱，搭車去漢堡。我急迫地跟滿臉驚訝的薇瑞娜求婚，她答應了。我待了三星期，跟她一起去見我爸媽，宣布我們的婚禮將會在明年三月舉行。薇瑞娜訂了去聖塔菲的蜜月之旅，將我介紹給她震驚的母親，並告訴我她不會冠上我的姓。我全都無所謂，覺得自己彷彿就要溺死，但也覺得輕鬆無比。我覺得自己就像在最後一刻避開一個天大的危險，我自認是獲救了，一切都安全了。我們為了將來要住哪裡爭吵了一番，薇瑞娜希望我搬到漢堡，我說若按我的意思，我們可以繼續像現在這樣，結不結婚無所謂，說完我就搭車回柏林。

信箱裡沒有半封信，工作室裡的畫作滿是灰塵，窗戶結滿了蜘蛛網。沒有宋雅的消息。情勢由我主導，我成功避免了最壞的狀況，現在我要大方解決這件事。我騎著腳踏車朝她家前進，用力踩著踏板，輕快地吹著口哨衝上樓梯。她在家，隨手幫我開了門，顯然在等別人。她看到我笑了，說：「你一切都好吧？」

我們在空蕩蕩的大房間裡坐下來，宋雅坐在書桌前，我坐在窗前的單人沙發。窗外的施普雷河水完全是褐色的，海鷗盤旋在報廢車壓扁機上方。宋雅沒問我之前去了哪裡，也對她的旅行隻字不提，她直挺挺坐著，在桌前看起來有那麼一點點怯生生地，她如著魔般地抽菸，一根接著一根。

我自然而然地談起天氣，我冬天的計畫，國家美術館的展覽，我覺得很安心。宋雅提到她想在十一月再辦一次派對，我說我很樂意參加，她的笑容有點僵硬。「你會跟我一起走？明年春天？」她突然問，而我，整段時間以來一直滿懷期待地等待，終於能夠說出早已打好草稿的句子，聲音洪亮、清楚，咬字毫不含混並且非常禮貌：「那可不行。我要跟薇瑞娜結婚了，三月。」

然後她把我趕出去。她站起來，伸直手臂指著門，她說：「出去。」

我說：「別這樣，宋雅，這是幹什麼。」她只是重複：「出去。」臉上沒有表情。我開始笑，無法確定她是不是認真的，然後她便大吼：「滾！」我從未聽過她發出這樣的聲調。我不安地起身，不再確定自己到底在期待什麼。我並不想走，我想看到宋雅失去理智，想看她哭泣尖叫，或許還會毆打我之類的，我不知道。

但宋雅又坐下來，背對著我，沉默地坐著。我一步一步移動，仍然沉默，河水的褐色令人難以忍受。我深吸一口氣，什麼事都沒發生，於是我便走了，關上門，傾聽著——沒半點聲響。沒有暴怒，沒有壓抑的啜泣，宋雅沒有叫我回去。

我騎上腳踏車回家，騎得很慢很慢。我很訝異。我還以為一切會像從前一樣，繼續下去，不管以什麼方式。

宋雅沒再找我，這倒是在我的預料之中。這是一場遊戲，我懂得規則。我等了一星期，然後打電話給她，她當然不接電話。我寫了封信給她，又寫了一封，然後是第三封，盡是寫些愚蠢瑣碎的閒聊以及笨拙的道歉，她當然沒回信。我很平靜，我有過經驗，我心想：「給她時間。」

我固定每星期打三次電話給她，每次響十聲，然後掛斷。我工作，跟薇瑞娜通電話，和米克出去，撥電話給宋雅，就像人要刷牙或每天早上檢查信箱一樣。我覺得宋雅很有趣也很引她為傲，因為她的頑強以及躲避我的決心。只是，我想時間也差不多了，該結束了。我有見她的慾望，天氣冷了，第一片雪花飄下。我想起去年冬天，想起她坐在我身邊的那些夜晚，所有這一切我都想再次擁有。

我心想：「夠了吧，宋雅，接起電話，我們一起出門散步，我會幫妳暖手，一切都會跟以前一樣。」

但是在十二月初，信箱裡躺著我寄給宋雅的最後一封信。我狐疑地看著我自己的筆跡，不懂該如何解讀這一切，直到看到背面「收件人搬遷地址不明」的戳印。我站在走廊，不明白發生了什麼事，天氣很冷，冷到我快凍僵。我把信塞回信箱，騎上腳踏車，在雪地裡搖搖晃晃地沿著河邊騎到工業區；我很慢很小心，拒絕思考任何事情。我將腳踏車和宋雅公寓前的路燈鎖在一起，抬頭看著全黑的窗戶，沒有窗簾，沒有燈光，不過這並不代表什麼。當我推開大門時，大門嘎嘎作響，走廊瀰漫著潮濕和煤炭的氣味，我一直覺得只有宋雅一個人住在這裡，現在我覺得整棟房子都空了。但我還是衝上樓梯，往三樓的樓梯扶手已斷，樓梯踩起來劈劈啪啪，聽起來相當可疑。我想起上回的派對，喧嘩的人聲，音樂，想起宋雅，站在那個穿著墨綠色洋裝、紅髮矮女人的身邊。門邊的名條已經撕去，我按門鈴，沒響。我瞇著眼睛從鑰匙孔望進房內那條長長的，漆成白色的空蕩蕩走廊，我知道她已經離開。

我相信這棟房子很快會被拆除。現在是二月，我不斷將煤炭鏟進火爐，但就是暖不起來。我再也沒見到宋雅，也沒再聽說她的消息。院子裡椴樹光禿禿的樹枝不斷打在我的窗戶上，又到了該幫土耳其男孩買顆新足球的時間了。我等待著，有一天我會遇見矮小的紅髮女人，問她宋雅搬到哪裡，是否安好。有時走在街上，我會感覺有人緊跟在後面，轉過身去卻看不到任何人，但狐疑的感覺一直存在。

一件事的結束

蘇菲說：「到了最後一年，她就只是躺在床上。躺在床左邊，右邊屬於我外祖父，外祖父走後，她也從未躺在右邊過。出於習慣她很早就會醒來，大約六點左右，屋頂之間狹長的天空，還有天線、煙囪、排水槽上的鴿子。我不知道她是否看到這些。她躺在厚重的羽毛被下，頭枕著三個枕頭。天花板上有浮雕花紋，還有透明玻璃燈罩，紅色玻璃，還是綠色？記不清楚了。」

蘇菲說：「抱歉。」咬著嘴唇。她望向窗外，咖啡館的窗戶非常大，可以看到整個赫姆霍茲廣場。現在廣場上沒人，凹凸不平的鋪路石塊在雨中顯得晶亮，落葉被風吹起，有隻灰狗在廣場角落閒盪。蘇菲朝著窗外微笑，說：「我父親總是九點來，煮茶和一顆半熟蛋，切好麵包，全部擺在床頭櫃上，茶擺在溫茶爐上，外祖母喜歡燭光；接著她會開始哀號怒罵，懷疑父親且控訴著，年復一年，他沒回答就走了。住在離這裡只隔兩棟房子遠的地方，很近，夏天可以在陽台上跟外祖母揮手，但她從不理會。她吃飯，獨自一人，屋頂之間透出晨光、天線及煙囪，吃完又躺回去。看著溫茶爐裡的燭光，直到熄滅。躺著，直到夜晚來臨。她總是睡著，又再醒來，但也有可能根本沒什麼差別，陽光隨著時間漫步走過房間，桌上沒有時鐘，傍晚時屋頂間狹隘的天空變成灰藍，再轉成黑色。」

蘇菲看向赫姆霍茲廣場上的天空，彷彿想做個比較。赫姆霍茲廣場上的天空蒼白多雨，蘇菲轉開視線，看著咖啡館四周，雙手握著咖啡杯，看起來就像凍壞了。她閉上眼睛，清了清喉嚨，臉上表情冷淡疏遠，她說：「然後是我母親來，熱過食物、洗衣服、冬天為暖爐加溫、鋪床。外祖母穿著毛線外套，襪子及拖鞋，推著助行器像烏龜一樣走到客廳，坐在沙發上，打開電視。她每天會得到一包菸、三罐啤酒、三杯烈酒，她總是把啤酒藏在屁股下，假裝自己一罐都沒拿到，要求更多啤酒，跟我母親，也就是她女兒說：『妳就是不想讓我好過。』母親把啤酒從外祖母的屁股下抽出來，什麼話都不說，進廚房找新的地方藏烈酒。但無論藏在哪裡，外祖母總有辦法找出來——半夜？趴在地板上？忍著疼痛就著晨光咬牙呻吟著？或者得意洋洋呢？」

蘇菲現在笑了，微微的。她笑，看著眼前的咖啡杯說：「你想想，她無法走路，只能用爬的，或是推著助行器一步一步向前，但她總有辦法找到烈酒，無論藏在哪裡。櫃子最裡面，掛在衣架上的大衣口袋，烤箱裡，還是陽台花盆之間，她總是找得到，然後喝得精光，再把空瓶子放到門前。我想，她把這當成一種遊戲，而她總是會贏。」

天變暗了，外面下起雨來。毛毛雨，或許參雜著雪花。有人走過大窗戶前，手插在大衣口袋，聳著肩，走得很慢，並且看著蘇菲。但蘇菲沒感覺。她說：「我想喝葡萄酒。」她說：「好嗎？等下我們來喝酒。總之我外祖母吃了我母親準備的食物，她邊嘆氣邊吃，總是用左手按住胸口，她很胖很重，手指因痛風而彎曲。我母親坐在她身邊，兩人眼睛都盯著電視，然後她們會一起抽菸，外祖母說：『藍色時刻。』母親想走時，外祖母會開始哭，跟個孩子一樣大鬧，巴著她不放，大叫並威脅她，母親只好再坐下來，最後還是走了。直到深夜，當電視螢幕布滿雪花，路燈都熄滅了，外祖母才會推著助行器走回房間，坐在床邊，凝視著黑夜想著，我不知道她在想什麼，然後躺下睡著。一天過了又一天。有時夏天會在陽台喝啤酒，在一叢叢天竺葵之間，她總是對這些花竊竊私語。每星期我們都會幫她洗一次頭髮，她駝著背，頭伸進浴缸上方，嘻嘻笑著說：『好癢，好舒服。』她有時尿床，會躺在床上哭泣，悶悶不樂直到晚上。但有時又會唱歌，眨著左眼因事發笑，但到底是什麼事我們不知道，而她會笑到掉眼淚。她從不聽音樂，在一片沉寂中躺在枕頭上，這一片沉寂曾是喧鬧的，當兩個孩子及丈夫還在這裡的時候。」

蘇菲環顧四周，在這介於黃昏與夜晚的過渡時刻，咖啡館幾乎沒有人。沒人坐的桌子上仍然點著蠟燭，女服務生靠在櫃檯上，半瞇著眼睛抽著菸。「她在聽我們說話嗎？」蘇菲悄聲問，將椅子拉得更靠近桌子，雙手撐著頭。女服務生動也不動，雨點打在玻璃窗上，窗外傳來一陣冬天車子發不動引擎時的聲音。蘇菲繼續說下去：「在這最後一年，我外祖母對什麼都疑神疑鬼。她看到有男人站在爐子後面，開始把錢包藏在床墊底下，床頭櫃，或枕頭套裡。母親走進廚房熱食物時，她會大叫：『把妳剛放進去的東西拿出來！』然後開始數落我父親每天早上從她這裡拿走的東西：皮草、銀器、手飾、外祖父的勳章、錢、存款簿，還有鍋碗瓢盆。她扯著我母親的外套說是『偷來的外套』，喘著氣要打電話報警，我母親站在她面前，看著她，什麼話也沒說。然後外祖母推著助行器走進廚房，檢查櫃子抽屜，流著淚說：『我不想再這樣下去了。』但她整天躺在床上等待著。」

「你知道嗎，」蘇菲說，「要喚回記憶，一點一點地，這也很不容易。我忘得很快，特別是臉孔，我老是忘記臉孔，其實我根本轉頭就忘，連外祖母的臉孔都記不起來。她總覺得冷，蓋著羽毛被還穿著羊毛外套，披著圍巾，穿厚襪子。但她還是會說：『我需要新鮮空氣。』就算在冬天，臥室窗戶一定全部打開。但在客廳沙發邊上有一架小暖爐，對著她的臉吹送熱氣，她說：『我不知道，我還是好冷。』她的頭髮花白。早上她會讓蛋黃流到麵包上，喝紅茶不加牛奶，不加糖。客廳有電話，臥室也有，有時她兒子會打電話來，從光年般遙遠的郊區別墅問她身體好不好，也問候他的姊妹。外祖母躺在自己的一灘尿上，忍受疼痛深吸一口氣，眼睛發亮地拿著話筒靠在耳朵上，用整個房間都能聽到的聲音說：『很好，一切很好。』」

蘇菲急急站了起來，走進洗手間。她很瘦，裹在厚毛襪的腳細得像竹竿。她直直地走著，肩膀聳起，後背僵直。女服務生看著她走過去，無聊地打了個呵欠。咖啡機噗噗作響，這裡沒別的人了，雨已下成傾盆大雨，桌上蠟燭的燭芯已被蠟油浸滅。蘇菲走回來，坐下，點起一根菸，深深吸了一口，看著吐出來的煙。她看起來很累，說：「我外祖母抽長菸，細長，女士抽的淡菸，從不吸進肺裡，總是看著吐出來的煙。就像我，或我像她。如果我母親動作太慢的話，她會敲牆壁，用拳頭。有一次她從床上坐起來，指著自己的後頸，那裡的白髮在睡了一夜之後捲起來了。她說：『這樣很快就會死掉。』有時，她會看著屋頂之間的天空，看著天線說：『親愛的上帝不想要我。』她可以說出兩個完整的故事，或許我們也只想聽這兩個故事，一個是戰爭的故事，俄軍快攻進柏林，外祖母帶著小孩坐火車逃難。火車突然停下來，那裡並不是火車站，荒郊野外的，六歲的兒子想要尿尿，『還真多尿。』外祖母說，一副事不關己的模樣。於是她讓孩子下車，走到曠野，那裡的油菜花已經開了，天氣很溫暖。外祖母站在車門上，六歲的兒子跑進油菜田，一邊孩子氣地喊著一邊尿尿。這時火車開了，開得很快，猝不及防，孩子就這樣留在油菜田中，一臉驚愕，當時他應是穿著藍色水手服。故事結尾如何我不知道，反正沒因此死掉就是了。還有戰後的故事，夏天在兩房公寓裡，男人已經走了，陽台上有天竺葵。外祖母像平常一樣待在廚房，她的女兒和兒子在客廳，女兒和兒子彼此用彈弓射著小石子玩。外祖母削馬鈴薯皮，切著大白菜。『打個賭，我可以打瞎你一隻眼睛。』客廳裡的女兒——我母親——對著兒子這麼說。『我賭妳沒辦法。』兒子說。然後女兒瞄準目標，射出去，命中目標。女兒大叫，兒子沒叫。女兒——我母親——站在廚房門口，兩手摀著臉小聲地說：『我打中他的眼睛，左眼。』小聲地說了一遍又一遍。我外祖母站起來，馬鈴薯皮掉了滿地，還有切碎的大白菜，跑進客廳，兒子站在那裡，左眼中間嵌著一顆小石頭，看起來就像石眼一樣。『我就把它挖出來。』我外祖母這麼說，就這麼簡單。兒子得到五顆小小的棕色玻璃眼珠，可以替換。手足吵架時我母親會把玻璃眼珠丟到房間另一邊，說：『瞎子，自己去找。』我外祖母在一邊訕笑。為什麼。沒有更多的故事了。」

蘇菲看起來有點訝異。並不哀傷，還不到時候。她兩手揉著眼睛，用拇指按著眼皮，似笑非笑。她看著女服務生，直到對方慢慢從櫃檯起身，朝著桌子走過來，像在夢遊似的，女服務生雙手在圍裙上擦了擦，一言不發。蘇菲用一種完全陌生的聲調說：「請給我一杯乾紅酒。」女服務生走回櫃檯，她聽到了嗎？「待會就知道了。」蘇菲說。接著又說：「不過最後我外祖母還是離開過公寓一次，最後一次，那是她孫女，不是我，是另一個，滿十八歲時。她兒子租了湖濱露台開派對，請了一位手搖風琴師，還有豐盛的自助餐，『什麼都有。』兒子在電話中說，我外祖母躺在床上，看著屋頂之間的天空和天線，說：『好，我會去。』——『妳得準備禮物。』我母親說，『她就要滿十八歲，妳得送她東西，給我錢，我去幫妳買。』但我外祖母只是不在意地揮揮左手，說她有禮物了，不用擔心。『哪來的禮物？』我母親問，『妳不可能買什麼東西，妳又不能離開屋子。』外祖母不願回答。只是數著日子，讓人幫她洗頭髮，將藍色洋裝從衣櫃拿出來，那是一件禮服，她說：『跟我眼睛一樣藍。』也不再抱怨，看著我父親，早上，沉默地，將錢從床上丟出去，床墊裂縫及枕頭套裡的鈔票，說：『拿去，我不需要了。』在孫女生日那天早上，她坐在輪椅上由著三個男人抬出房子，抬到巴士上，男人滿頭大汗，外祖母如女王一般坐在輪椅上，懷裡抱著一個籃子，籃子裡有個包好的禮物。『那是什麼？』她搖頭，近乎慈祥地說：『喏，等等就知道了。』我們開車跟在巴士後面，我可以看見她，可以看見她貼在窗戶上的白頭髮，有時她會抬手擦拭起霧的車窗，她看著窗外，看了整路，她看到什麼呢？我說不出來。到了湖濱露台，他們把她推到長桌主位，在兒子與孫女之間，每個人都很高興，不斷跟她說話，將滿滿是食物的盤子擺在她面前，還有酒。但她不喝，也不吃。她拿出禮物交給坐在她旁邊的孫女，女孩一臉為了禮貌裝出來的恭敬，長桌安靜了下來，兒子笑了，祖母給孫女禮物。孫女小心地撕開包裝紙，摸了摸，遲疑半晌一把撕下包裝，拿出一個黃色的鍋蓋，邊緣已經因碰撞而凹凸不平。『這是什麼？』女孩問，一個謎題，一個象徵，她十八歲，對著祖母微笑。『鍋蓋，鍋子早被你們偷走了。』我外祖母說，『我所有東西都被你們偷走了。』然後她慢慢地舉起手，遮住她的左眼，轉身面對她的兒子，看著他，用她的右眼。她的眼睛的確跟她身上的禮服一樣藍。」

女服務生將酒放在桌上，瞪著蘇菲。蘇菲並沒看她，只說：「謝謝。」然後拿起杯子喝了一大口，用手背擦了下嘴唇。門開了，風灌進來，還有雨的味道，兩三位客人走進來，大衣已淋濕，雙頰發紅。蘇菲並沒有轉頭。也不再發冷了，現在她雙頰發紅，眼睛原先流露的倦意消失殆盡，她說：「我快說完了。故事就要結束了，只剩一點點了，你還可以嗎？後來在夜裡，他們又把她推到湖邊，她坐在那裡望著一片漆黑，對岸微光閃爍，波浪輕輕拍打著岸邊。『這是幹嘛？』我外祖母說，於是他們又把她送上巴士帶回家。她躺在床上，背過身子，對站在門邊的我母親說：『晚安。』第二天早上我父親過去，煮茶和一顆半熟蛋，切好麵包，全部擺在她前面，茶擺在溫茶爐上，蛋黃已在麵包上。『小蠟燭。』外祖母說，除了這句『小蠟燭』再不說其他的了。『已經點好了。』我父親說，『看，已經在燒了。』然後我外祖母說：『好。』然後閉上眼睛。我父親就走了。去買東西，然後回家。在樓梯間聽到電話鈴聲，一直響一直響，父親打開家門，丟下購物袋，拿起聽筒說：『喂？』沒有回答。屏息聆聽了一會兒，正想掛斷時突然聽到聲響，像是從很遠很遠，非常遠的地方傳來。哭泣？或是尖叫？呻吟？實際上是一聲劈啪，一記喀嚓，極不真實。他為何就這樣突然明白發生了什麼事，我不知道。他摔下話筒，跑出房間，衝下樓梯，跑到街上，當時是二月，就像現在一樣很冷，我父親跑得很快，兩棟房子的距離，他跑過去撞開大門，三步併作兩步衝上樓梯。他全身發抖，害怕得不得了，門卡住了，我猜鑰匙應該掉下去三或四次吧。他用力撐開門，走廊很小，已經聞到味道了，臥室的門半開著，門後一片亮光。我不知道他是走了四步還是五步就到臥房，我父親站在門口，看著我外祖母全身燒得紅彤彤。她離開床，不知怎麼辦到的，在房間正中央，站在床前，床在燒，外祖母的睡衣也在燒，她的襪子、她的圍巾、她的臉和她的藍眼睛；她整個人燒得紅彤彤的，已經不再尖叫了。屋頂之間的天空，天線，一片煙霧瀰漫的灰。後來我父親說，已經燒成這樣了，但她，他不懂，竟然還跳著舞。」蘇菲說，沒哭，只是靦腆地微笑。

峇里女人

有時冬天會讓我想起什麼，是曾有過的心情，還是曾感受過的歡愉？我無法確定。天氣很冷，聞起來像煙，像雪。我轉過身，聆聽著我聽不到的聲音，有話就要衝口而出，但說不出來。惶惶不安，你知道嗎？你知道的。但你會說，沒有名字的事物就不該幫它命名。

反正，在你不願跟來的那個晚上，克莉思汀安娜在我面前跳舞。她打開收音機，隨著*Never known a girl like you before*的旋律起舞，啦啦隊女孩的臉蛋，紅髮披散，她笑著，看起來非常美。馬庫斯．韋納穿著他祖母的皮草大衣，戴著粉紅色橡膠手套，皮草已多處磨損。「你太可笑了。」克莉思汀安娜說，馬庫斯．韋納在隨身鏡上將古柯鹼推成一條直線，沒有理她。我不累，坐著，靠在他身上，在沙發上。他的皮草已被雪打濕，有股怪味，我看向克莉思汀安娜，看她用紫紅色口紅塗滿雙唇，她的嘴很大，口紅如筆尖般尖細。馬庫斯．韋納從隨身鏡抬起頭，兩眼茫然。

你在哪？我打過電話給你，你坐在電視機前，說你可能嗑錯藥了，聲音聽起來很疲倦也很煩躁，不想跟我們去。我說：「克莉思汀安娜戀愛了。」你說：「這不是什麼新鮮事。」然後我們沉默，我能聽到電視機微弱的聲響，是戰火的聲音和空襲警報。我知道你的房間很冷，窗上凝著雪花。你掛斷電話。

艾德溫．柯林斯（Edwyn Collins）的聲音沙啞破碎，我連續抽了三根菸。「這次是誰？」馬庫斯．韋納漫不經心地問，他的橡膠手套發出黏答答的聲音。「閉嘴啦。」克莉思汀安娜說，側身看著大鏡子裡的自己，一手杈著腰，垂下視線，眼睛下方有一小片藍色陰影，她看起來棒透了，說：「我們會玩得很開心。」吻了我的唇一下。我抓著馬庫斯．韋納的手臂，在他耳邊悄聲說話，而克莉思汀安娜看起來也不想阻止我，我低聲說：「是個蠻有名的導演，真的有名，你知道的。他已經結婚了，我們去他的首演派對，有吃的，還有伏特加，什麼都有，我們會玩得很開心。」克莉思汀安娜大笑，把我從他身上拉開。

外面很冷，我想著在你房間裡的你，坐在電視前的單人沙發，我知道你一定不是在看什麼影片，只是坐在昏暗中凝視著前方。我並不失望，也不生氣，只是有點難過，是的，或許。天氣真的很冷，雪的味道撲鼻而來，我們在無人街道上的聲音聽起來如此空洞怪異，因此我們不再說話。街燈的光像是被凍住一樣。穿著高跟鞋的克莉思汀安娜跌了一跤，我看看馬庫斯‧韋納，我們並未扶她一把。在街口我們召來計程車，「去劇院。」克莉思汀安娜說，搖下車窗，打開收音機。計程車司機苦著一張臉沒說什麼。劇院前飄著紅旗，所有的門大開。馬庫斯‧韋納彎身向前說：「今晚這兒演的是……」克莉思汀安娜不在意地揮了揮手。「不聊這齣戲，妳是要跟他聊什麼？」馬庫斯‧韋納說，一邊嗤笑著。克莉思汀安娜抬手將他的臉拉向自己，一字一句地說：「我沒想跟他聊天，聽清楚了嗎？」

走到門口我再次轉身，最後一次想要回去，回你那裡，回去坐在電視機前的你身邊。我會關掉電視，會望著你，一切本該這麼簡單。但我遲疑了半晌，深吸一口氣，追上克莉思汀安娜和馬庫斯．韋納。

星光大廳已擺好桌子，上面有各種不可思議的食物，滿冰箱的伏特加和凍到結一層冰的小玻璃杯，他們請了俄羅斯管樂團，並打上紅色燈光。「現在。」克莉思汀安娜說著便消失了。我從桌上拿了麵包和魚，馬庫斯．韋納將一瓶伏特加和杯子放進大衣口袋，他仍然戴著粉紅色的橡皮手套，但沒人留意。我們坐在台階上吃，我喝了一大口伏特加，身體燥熱起來，馬庫斯．韋納不安地動來動去，不時用手擦著鼻子。我說：「你吸太多了。」他說：「他在哪裡，那個導演。」導演站在吧台旁，看起來又高又胖，叼著一根雪茄，喝威士忌，有股齷齪老男人的性感，那是克莉思汀安娜無法抗拒的，而且他又有名氣。我用手指指他，說：「就是他。」馬庫斯．韋納爆出一陣歇斯底里的笑聲，說：「當然了。」我看著導演，想到無數的導演、劇作家、演員及舞台設計師曾在克莉思汀安娜及我家吃飯，在我們的浴室洗澡，在我們的床上睡覺。我想起他們在我們電話答錄機上的聲音，夜裡狂敲我們的門，想著那些碎掉的玻璃和未讀的信件。我想，總是有些東西是不夠的，這次一樣也會有什麼不夠。我想到你，想到雪花，想到煙味，我想，就算是我們也還是不夠的。

克莉思汀安娜出場了。她一定去過廁所站在鏡子前，因為她的頭髮現在梳成了髮髻，我還知道，她也一定會在某個時刻抽出髮簪，讓頭髮在背部如水波一樣披散而下，這動作令我疲憊。她出現在星光大廳邊緣，在柱子間遊走了一陣子，接近吧台，卻又走開，點起一根菸，垂下眼瞼打量四周。樂團吹奏著Ween樂團的《朋友晚安》（*Buenas Tardes, Amigos*），馬庫斯．韋納用橡膠手套擦了擦鼻子，手套又擦在身上的皮草上，說：「好一首背叛之歌。」克莉思汀安娜輕輕晃著頭，扭了下屁股，一會兒後便走進空蕩蕩的舞池，站在正中央巨大的星形圖案上，籠罩在水晶吊燈灑下的紅光中。那位導演原本只是兩眼無神地看著舞池，現在轉過身去，然後很快地，其實是立刻，又轉過來對著舞池，開始看著克莉思汀安娜。克莉思汀安娜跳著舞，啦啦隊女孩的臉孔，兩手杈著腰，頭往後仰，似乎在笑。洋裝裙子的開叉幾乎開在臀緣，馬庫斯．韋納笑個不停，不知道到底是因為古柯鹼還是因為克莉思汀安娜的舞姿，我也笑了，說：「不過她真行，真的很行。」

她跳了很久，跳著跳著抬起手鬆開頭上髮髻，長髮在背後一洩而下，馬庫斯．韋納將頭埋進大腿間，說：「我受不了了。」那位導演變成了渺小、面目模糊、貪得無厭的傢伙。我悄悄走開，喝著伏特加，瞪著水晶吊燈的光，感到頭暈。我想到所有那些夜裡我們一起喝醉，就你和我，在隨便哪個酒吧的木桌旁，總是冬天，外面下著雪，天色從未亮過。但夏天我什麼都想不起來。為什麼想不起來。我試圖釐清，為何我們這樣就結束了，但我知道沒什麼好釐清的。我想起你，想起你的房間，電視發出的藍光，你左手上抽到一半的菸。我一直以為，你早就知道這一切了，你本來可以說些什麼的，什麼，隨便什麼都好。

馬庫斯．韋納推了推我，說：「你看那裡，嘿，在想什麼，你一定要看一下。」於是我看向舞池，克莉思汀安娜還在跳舞，還有一個女人跟她一起跳。那個女人很矮很瘦，看起來像個孩子，一個早熟的孩子，她的膚色黝黑，頭髮烏黑。她穿著一件紅色洋裝，當她轉圈圈時，人們可以看到她光溜溜的屁股還有她的私處。而她轉個不停，一雙小手猶如小鳥翅膀般不停飛舞，她赤著腳，舞姿與克莉思汀安娜截然不同。克莉思汀安娜被她打亂了節奏，依舊設法以她啦啦隊女孩的面孔、搖擺的豐臀、順著節拍的腳步，以及她的冷靜對抗那女人輕柔的姿態，但沒有成功。她太在意了，那位嬌小的女人只是閉著眼睛，完全沉浸在自己的世界中，烏黑的頭髮遮住她的臉。馬庫斯．韋納張大嘴巴直愣愣地看著，然後點了一根菸，一臉專注的模樣。他突然轉身對著我，冷靜地問：「那個人是誰？」我說：「那是他太太，導演夫人。她來自峇里，他們在峇里島上結的婚。」

你會喜歡她的，這個嬌小的女人。她是如此不可捉摸，就像你喜歡的那樣，她離得遠遠的，人們可以觀察她，想像發生在她身上的故事。她看起來既脆弱又美麗，一雙小巧的腳，在這大廳，在這大理石地板上，在這水晶吊燈光線下，整個人顯得如此不真實。克莉思汀安娜離開舞池，走向吧台，導演站到她身邊，看都不看自己妻子一眼，他看著克莉思汀安娜，點了大杯的威士忌。那個嬌小的女人繼續跳著舞，而我知道，她腳下的石板非常冰涼。馬庫斯．韋納看著我，說：「我們聊聊吧。」我說：「不要。」他起身走開。我繼續喝酒，敬我自己。夜愈來愈深，我可以看到大片玻璃窗外的雪，絮絮下著的雪花。不知何時馬庫斯．韋納踉蹌走在柱子間，醉醺醺的，手上抓著一支鬼才知道從哪裡拿來的麥克風。他對著麥克風重複喊著一句話，但我一個字都聽不懂。我頭靠在樓梯欄杆上，看著他的舉動。我想到自己從未在白天看過他，我問自己，除了知道他冬天穿這件皮草大衣，夏天穿清潔工的橘色夾克之外，我還知道他什麼事嗎？他跟我及克里思汀安娜一星期會一起出門找樂子三次，我喜歡他，若提到他，我真會說是個「朋友」。但我認真看待他嗎？他認真待我，是想得到什麼，他想跟我聊聊，聊什麼呢？我想起有一次他很孩子氣地說：「我可以拍部片子，拍我們。」我說：「那會是什麼片啊？」他回答：「一部關於什麼都沒有的片子，什麼都沒有了，我們之間沒了，我們周遭也沒了，就你跟我跟克莉思汀安娜的一個晚上。」然後我還真的輕蔑地嗤笑起來。現在我看著他，他實在太年輕了，嗑了藥又喝醉了，對著手上的麥克風大喊，喊到喉嚨青筋暴起，人們紛紛避開他。我替他難過，而且我想，我永遠永遠不會想再見到他了。我壓下內心的衝動，一股想要朝他走去，搶走他手上的麥克風，然後親吻他的慾望。舞池正中央星形圖案上蹲著一個女孩，不斷用頭敲著地板，額頭流著血，語無倫次地哭喊著。擺食物的桌上已空，一位女演員正跟一位舞台工作人員在紅色大沙發上做愛，他汗流浹背仰躺著，T恤背面印著麥克泰森怒咬霍利菲爾德耳朵的照片，此時正被女星抓得稀巴爛。嬌小的女人走了，導演走了，克莉思汀安娜走了。外面仍在下雪，有人朝牆壁扔玻璃杯，兩個一點都不真實的跛子坐在輪椅上滑過舞池，消失在柱子後。女演員拉下裙擺，跌跌撞撞地走到小舞台，對著開太大聲的麥克風說：「敬寶貝。」她說：「敬寶貝，敬寶貝。」然後跌在地上。我閉上眼睛，聽到馬庫斯‧韋納的聲音，但仍然不知道他在講什麼。我睡著了，又醒過來，因為克莉思汀安娜站在我面前，拉著我的手臂。她看起來跟幾個小時前一樣，像在家裡、在街上、在計程車上，她看起來這麼地冬天，這麼淡漠，這麼冷酷，她的嘴唇冰冷單薄。她搖搖我說：「起來，該走了，我們還要去別的地方，韋納在哪裡，你到底在這裡幹嘛？」這段話她說得不急也不快，而是非常平靜認真。我站起來，抱著她，看著她的眼睛，她的眼睛是冰藍色的。我說：「克莉思汀安娜，妳還好嗎？」她看著我說：「很爛，爛透了。但不管怎樣我們還是要去。」

你嫉妒嗎？有那麼一點？有點緊張刺激——要去哪？其他人都去哪裡了？如果是你，你會回家。不，你不嫉妒，從不。我們去找馬庫斯．韋納，在廁所找到他，他站在洗手台前，沖洗橡膠手套上的東西，某個隔間傳出少女的哭喊聲，說著：「怎麼了，你為什麼停下來，我不懂。」克莉思汀安娜厭惡地皺起臉來，抬起左腳踢了隔間門一下，馬庫斯．韋納轉過身來輕聲說：「一定要這樣嗎。」「她在等。」克莉思汀安娜說，「她在等，我們得走了，現在馬上。」馬庫斯．韋納突然露出不知所措的慌亂神情，低聲下氣地問：「誰，誰在等。」已在走廊上的克莉思汀安娜不耐煩地轉身，對他大喊：「那個峇里女人。那個峇里女人在等。」

劇院前的時鐘停在十一點。雪已在街道、在車頂、在路燈上積得厚厚一層，世界很安靜，也在我耳邊咆哮。峇里女人仍然光著腳，沒穿大衣，只穿著紅色洋裝站在計程車旁幫我們打開車門。克莉思汀安娜把馬庫斯．韋納推進車裡，麥克風掉進雪堆，接著又把我推進去，然後自己擠了進來。馬庫斯．韋納輕聲說：「妳的眼睛，小妹妹，敲開我的心房。」我不知道他在講誰的眼睛，我問自己，難道這就是他整晚對著麥克風嘶喊的話？呇里女人坐進副駕駛座，轉過頭來對我們微笑。我也對她笑了笑。車子開動，我向克莉思汀安娜彎身，低聲問她：「去哪裡？我們現在去哪裡？」克莉思汀安娜看著窗外，說：「去他家，或是她家。我們去他們家，他已經回家了，她要我們一起去。」我說：「為什麼她要我們一起去？」克莉思汀安娜聳聳肩，我說：「為什麼妳想去？」克莉思汀安娜說：「這一點都不重要吧。」

在你大門門框上方有你家的鑰匙。我知道，我可以在漆黑的樓梯間踮著腳尖用手指探尋，取下鑰匙，悄悄打開門。我可以走過走廊進你的房間，你可能已關掉電視，可能也去睡覺了。我可以站在床邊看著你，看你沉睡，在你身邊躺下，你可能完全不會發現。但是，這把鑰匙不是為我留的，這我也知道。放在那裡是為了一個我們從未提過的人，鑰匙放在那裡，只要時間到了，她會踮起腳尖將它取下，打開門，把行李放在床邊，喚醒你。就是這樣對不對？你在等待。你不認識她，但你知道這個人會來，而你等著，你坐著，看著雪花，等待。我也在等。

峇里女人也沒有鑰匙。她連自己家的鑰匙都沒有，或者她假裝自己沒鑰匙。我們站在她家門前，她用那小小的棕色大拇指緊緊按著電鈴，鈴聲大作，馬庫斯．韋納癱坐在階梯平台上，擤了擤鼻子，無力地說：「我不行了。」峇里女人轉過身來對著他笑，她到現在連一個字都沒說過，我可以看到她的門牙被磨掉大半，變得又平又直。馬庫斯．韋納擠出一個苦笑，一字一字地說：「也許我們最好離開？」然後門就開了，黑漆漆的門廊站著小孩，四個或五個好小的小孩，穿著睡衣，光著腳，一頭亂髮。他們瞪著我們，我們瞪回去，這些孩子看起來是父親與母親的怪異混和體，他們的身體就像父親一樣胖胖的像海綿，眼睛卻像母親那樣黝黑、細長和奇特。峇里女人走進這團由睡衣、布偶及軟綿綿小手組成的混亂之中，孩子們巴著她，爭先恐後地跟她說著異國的話。馬庫斯．韋納看看克莉思汀安娜，說：「這妳也知道嗎？」克莉思汀安娜第一次如此目瞪口呆，她說：「不，我不知道。」

我們在導演家的走廊上遇到兩次倉鼠，不同隻。倉鼠發出可怕的聲音，呇里女人大笑，捧起牠們丟進四間房間中的一間。孩子們最後一次從門縫偷看，然後就消失了。沒看到導演，整間房子很暗，呇里女人帶著我們走進廚房，點起蠟燭，將水放在桌上。我們很尷尬，在餐桌邊坐了下來。我想坐在馬庫斯・韋納旁邊，克莉思汀安娜想坐我旁邊，三人扭來擠去好一陣子，實在太難為情了。最後我們終於坐定。廚房很大很暖和，黑夜隔絕於窗外，天花板上掛著奇怪的彩帶，還瀰漫著一股古怪的氣味。我們沉默。克莉思汀安娜閃避我的眼神，馬庫斯・韋納則孩子氣地低聲問道：「我們到底來這裡幹嘛？」沒人回答他。呇里女人用綠色的葉子煮茶，將小碗放在桌上，還有蜂蜜與糖。她緩慢但平穩地倒茶，始終帶著一抹笑意，最後坐在克莉思汀安娜旁邊。馬庫斯・韋納抬頭看著桌旁牆壁上的照片，上面是導演站在呇里女人身邊，背景是棕櫚樹及藍到不可思議的海。導演全身赤裸，只在腰上纏了一小塊腰布，頭上戴著香蕉及花編成的花環。他斜著眼睛難為情地看著鏡頭，峇里女人握著他的手，臉上沒有笑容，他們頭上的天空看起來就要下雨了。馬庫斯．韋納問：「婚禮？」咬字仍然過分清晰。此時峇里女人的臉已快貼上克莉思汀安娜的臉，猛然縮了回來，搖搖頭。克莉思汀安娜清了清喉嚨，將手放在桌上，彷彿就要宣布會議要開始。她堅決地問：「他在哪裡？」馬庫斯．韋納幫峇里女人回答：「他已經睡了。」

我想，我們曾有過不錯的冬天。一個冬天？還是好幾個？我記不得了，而你會說，這也不是什麼重要的事。我們有雪，有令人顫抖的寒冷，每次我說其實我喜歡冰凍的感覺，你總是一副懂得我在說什麼的表情。有太陽的時候，我們就去散步。影子長長的，你會折斷結在樹枝上的冰柱拿起來舔。當你在冰上跌倒，我總會大笑，笑到眼淚流出來。我們並未對彼此有過任何承諾，我也是這麼希望，但是，抱歉，我還是嫉妒你未來沒有我的每一個冬天。我相信，從現在起一切都會像此刻在這個廚房，在馬庫斯．韋納身旁和克莉思汀安娜及峇里女人一起坐在這個餐桌邊一樣。時間已近清晨，我很累，我知道，一切從不曾有過其他可能，我只是錯以為有過。

窗外的天空漸漸蒼白，又開始下雪了，雪花開始閃耀，克莉思汀安娜站起來，又坐了下去。馬庫斯．韋納脫掉橡膠手套，靠在我身上，輕柔地在我頸上吻了一下。呇里女人看著我們露出微笑。她說：「德國有很多笑話。」她的聲音非常明亮又帶點稚氣，總是將音節拖得長長的，無法正確發出「sch」的音。馬庫斯．韋納紋風不動，克莉思汀安娜乾笑了一聲，困惑地問：「什麼？」呇里女人湊近桌子，臉上不再有笑容，很認真地說：「笑話。我學了所有笑話。」馬庫斯．韋納閉上眼睛，溫柔地說：「或許妳說一個給我們聽。」呇里女人抬頭看著彩帶裝飾的天花板，說：「金髮女郎跟鐵達尼號的差別是什麼？」我們沉默著，頓了四五秒後她繼續說：「我們知道鐵達尼號上有多少男人。」我們依然沉默，她看著我們，似乎期待我們給她一個解釋，解釋這個笑話為何好笑，她看起來異常認真，眼睛瞪得大大的。馬庫斯．韋納仍然閉著眼睛，克莉思汀安娜臉上流露出驚嚇的表情，看得我差點笑出來。峇里女人更往前靠向桌子，說：「一個金髮女郎跌下地下室的樓梯，人們會跟她說什麼？」她又等了兩三秒，好像真的數著時間，然後自顧自地答道：「帶啤酒上來。」說著一邊認真地瞪著桌面，像是桌上刻著字照唸似的。然後她挺直身體，現在坐得筆直，照本宣科似地說話，她挺著身子說：「如何埋葬一個金髮女郎？」她就這樣停不下來，說了一個又一個金髮女郎笑話，十個，二十個，還是五十個，我瞪著她，瞪著她那張專注又瘋狂的異鄉人臉孔，過了一會兒我就完全不知道她在說什麼了。她愈說愈快，提出問題又給出答案，不停地自問自答，不久後我發現克莉思汀安娜哭了，她哭多久了？馬庫斯．韋納的頭從我的肩膀滑到我的大腿上，他睡著了，祖母老舊的皮草圍著他那張出奇小的臉。我把手放在他的臉頰下撐住他的頭，我聽到自己的心跳聲，感覺很好。

然後一切靜了下來，房屋深處某個房間裡的鬧鐘響了，導演醒了。窗外一片明亮。峇里女人沉默著，看起來一點都不累。她站起來，將馬庫斯．韋納從我身上拉開，他倒在她身上，她輕輕地將大衣從他肩膀褪下，將他拖到餐桌長椅，讓他躺在上面，並把大衣蓋在他身上，用棕色的小手撫摸他的額頭，然後親吻他的嘴。克莉思汀安娜和我站起來，穿上大衣，走到廚房門口再次回頭，穿著紅色洋裝的她站在長椅旁看著我們，嚴肅且毫不閃躲，她沒再說什麼，我們就這樣走了。

外面還是很冷。早班電車從我們身邊駛過，電纜冒出藍色火光，城市還很安靜，卻如此明亮，令我不得不瞇起眼睛。克莉思汀安娜停下來，束起頸後的頭髮。我考慮是否該摟住她，但我沒動手。她的臉色慘白，嘴唇發青，於是我們跑了起來，雪在我們腳下窸窣作響。我心想，如果你睡著的話，現在應該正要醒來了。你會醒來，看見凝結在窗戶上的雪花。

天氣很冷，聞起來像雪，像煙。你在傾聽你聽不到的聲音嗎？你想說什麼卻怎麼也說不出口？你不安嗎？我們會再見面嗎？一次，恐怕是不夠的。現在我要去睡了。有時冬天會讓你想起什麼，只是你不知道，是什麼。

杭特・湯普森的音樂

生活終於又有了起伏的那一天，是復活節前的星期五。杭特傍晚回家，在鮮食鋪買了罐頭湯、菸及白麵包，在酒鋪買了瓶最便宜的威士忌，他很累，腳步有點搖晃。沿著八十五街走，綠色購物袋不斷打到膝蓋，三月最後一場雪在柏油路上融成一坨坨骯髒的爛灰泥。天氣很冷，黑暗中，華盛頓傑佛遜的霓虹招牌要閃不閃地打出「旅館—旅館」的字樣。

杭特用手掌推開彈簧大門，一股暖氣將他吸了進去，也令他屏住呼吸，綠色地毯上有黑色的鞋印。他走進昏暗的大廳，裡頭貼著深紅色絲綢的牆壁、休息區柔軟的皮椅，以及水晶吊燈都在訴說光陰一去再不復返的故事：絲綢已呈波浪狀，皮椅也早就坐爛破損了，水晶燈上原來需要十二顆燈泡，現在也只剩兩顆。華盛頓傑佛遜不再是旅館，而是庇護所，老人的貧民所，抵達人生終點前已然腐朽的最後一站，一棟鬼屋。一般旅客只有在極少數的情況下才可能誤入此處。只要沒人去世，這裡的房間總是住滿了月租客；有房客死掉，才會有房間暫時空出來，不久就會有下一個老人搬進來，住上一年、兩年，或者四天、五天。

杭特拖著腳步走向櫃檯，櫃檯後旅館老闆利奇正忙著挖鼻孔，一邊瀏覽

《每日新聞》的徵友欄。杭特討厭利奇，華盛頓傑佛遜所有房客都討厭利奇，只有老小姐吉兒例外，她把自己那顆傷痕累累老舊不堪的心給了他。但利奇對吉兒小姐並沒興趣，他感興趣的只有他自己，《每日新聞》的徵友欄——杭特覺得一定是變態的那種——還有錢。杭特將綠色的鮮食鋪塑膠袋放在破損不堪的櫃檯上，深吸一口氣說：「郵件。」

利奇連頭都沒抬，只說：「沒有郵件，湯普森先生，當然不會有什麼郵件。」杭特感覺他的心絆了一下，並沒有真正絆倒，只不過停了一下，少了那麼一拍，遲疑著，然後繼續跳下去，簡直是奇蹟，彷彿在說：只是個小玩笑罷了。杭特左手緊緊撐住櫃檯，說：「可以請您至少看一下，是否有我的郵件。」

利奇臉上的神情，就像一個人正在做很重要的事，卻不斷被一些無關緊要的瑣事打斷。他以一種慵懶又做作的姿態指著背後空蕩蕩的郵件櫃：「您的號碼是九十三號，湯普森先生。您看，是空的，每天都一樣空。」

杭特瞪著空格子，看著上面與下面其他所有空格，四十五號有傅利曼先生的西洋棋雜誌，一〇七號則是溫德斯小姐的編織圖樣。「我想溫德斯小姐一定好幾天沒來拿她的郵件了，利奇先生。」杭特說：「或許您該去看看她是否安好。」

利奇沒有回答，杭特懷著一絲勝利感，從櫃檯拿起塑膠袋，搭電梯去四樓。電梯晃盪得令人擔憂，上回的維修保養早已逾期，到了上面後電梯門搖搖晃晃嘎吱作響地開了。走廊燈壞了，杭特只好摸著牆壁走，自從對面九十五號房的老萊特先生三週前去世後，四樓這個角落就只剩他一個人住，他有些恐懼。樓梯間門口上方綠色的出口標誌閃著微弱的光，走廊另一端的浴室傳來水聲，擤鼻涕及咳嗽聲，杭特搖搖頭，他總是盡量在自己房間洗手台清洗身體，盡可能少去公共浴室使用那個老舊的大浴缸。很遺憾，他覺得老人多半很噁心。

杭特拿出鑰匙打開門，按亮燈，關上身後的門。他拿出買來的食物放好，躺到床上，閉上眼睛。闔上眼瞼後的一片漆黑中有小綠點跳耀著。這棟房子在搖動，總是在搖動，樓上的地板嘎嘎作響，某處門砰一聲關上，電梯轟隆隆地離開這層樓。杭特能聽見細微的收音機音樂聲，有電話響著，有東西掉到地板，還有刺耳的計程車喇叭聲從街上傳到他這裡來。杭特喜歡噪音，他喜歡華盛頓傑佛遜，以一種悲哀無奈的方式喜歡著。他喜歡他的房間，一個月四百美金，他將天花板上二十瓦燈泡換成六十瓦，並在窗戶裝上藍色窗簾。他將書擺上書架，錄音機及錄音帶放在矮櫃上，床頭牆上掛著兩張相片。房裡有一張給客人坐的椅子，但從來沒有客人來過，有一具電話，也從未響過。洗手台旁有冰箱，冰箱上有個單頭電爐。每間房間裝修都一樣，每星期會有人來整理並更換床單，杭特在住進來時便堅持自己來，想到清潔女工會在他的書、素描及錄音帶之間摸來摸去就非常不舒服。

杭特仰臥在床上，拉開床邊窗戶前的窗簾，看著外面。防火梯的欄杆將昏暗的天空切割成一小格一小格正方形。他睡了過去，又馬上醒來，起身坐在床邊，看了一下兩腳之間棕色圖案的地毯。接著站起身。應該還會再下一場雪，在這個三月天，他能從骨頭感覺出來，那是一種寒冷、不愉快的刺痛感。不過他不再覺得疲倦，這裡很暖和，暖氣發出轟轟聲響，在走廊另一端的遠處，吉兒小姐以她高亢單薄的嗓子哼著歌，杭特笑了笑。將肉罐頭在爐子上加熱，倒了杯威士忌，坐在電視機前吃了起來。CNN 新聞播報員用無動於衷的語氣說，紐約布魯克林東區有位男孩在一家麥當勞裡槍殺三名員工，男孩出現在螢幕上，是個黑人，大約十七歲，被三個警察架著站在攝影機前，一個不知從何冒出來的聲音問他犯案動機。男孩直直地盯著鏡頭，看起來非常普通，他說，他點了一個不加黃瓜的大麥克，特別講了不要黃瓜，結果還是拿到一個有黃瓜的大麥克。

杭特關掉電視。走廊上九十五號房間的門砰的一聲，杭特轉頭，狐疑地屏息聆聽，但一切又沉寂下來。他洗了盤子及鍋子，又倒了一杯威士忌，猶豫地站在錄音帶前。音樂時間到了，音樂的時間，就像每個晚上，抽根菸的時間，某種時間的時間。不聽音樂他又能做什麼。杭特揉揉眼睛，觸探一下自己的心跳，心臟平穩緩慢地跳著。或許莫札特。或者貝多芬，舒伯特總是太悲傷。巴哈。約翰·塞巴斯蒂安·巴哈，《平均律鍵盤曲集第一卷》，杭特將錄音帶放進錄音機，按下開始鍵，一陣沙沙聲響微微響起，他在窗邊椅子坐下，點起一根菸。

顧爾德彈得不快，非常專心，行雲流水，有時杭特可以聽到顧爾德的輕聲哼唱，有時則是沉重的呼吸聲。杭特非常喜歡，這給了他親切的感覺。他坐在椅子上聽著，在聽音樂時他只能想起好事或是根本不想，兩種都很好。計程車的喇叭車已然遠去，吉兒小姐也不再唱歌，或者顧爾德的聲音蓋過吉兒小姐。杭特房間外走廊地板發出聲音，非常大聲，從前走廊地板總是很大聲，當萊特先生站在門口，跟他要菸或威士忌或想找他講話時。但萊特先生已經死了，三個星期前，他是唯一一位會站在杭特房間門前的人。

杭特張大眼睛瞪著房門，跟電影演的不一樣，門把並未轉動起來，但地板又發出一記聲響。杭特的心跳突然變得很快，紐約是個罪犯雲集的城市，就算他再怎麼喊叫，這裡也不會有人理會，利奇只會說自己忘了警局的電話號碼。

杭特站起來，踮著腳走到門邊，現在他的心真的絆倒了，他伸手握住門把，深吸一口氣，用力打開門。

一位女孩站在出口標誌的綠光下。杭特看到她小小的腳，以及曲起來的腳趾，左腳腳踝有抓搔蚊子叮咬的傷痕，拇趾指甲下方有一小點汙垢。她身上的浴袍下擺已然破損，藍色的浴袍在口袋上有白色的兔寶寶圖案，她將腰帶繫得很緊，手上挽著一條毛巾及洗髮精。她用右手拉攏頸子下方的浴袍，嘴巴抿成一條線，看起來有些緊張，水從她溼答答的頭髮一滴一滴規律地滴到棕色走廊地毯上。她瞇起眼睛，避過杭特朝著他身後的房間看去，她左眼下方有一顆小小的痣。杭特不自覺地低下頭，發現看不到自己的皮帶，因為被自己的肚子遮住了。那女孩說了些話，像是提到「音樂」。

杭特把門往自己方向拉，試圖擋住她的目光。他又聽到吉兒小姐在唱歌，她正唱著：「甜心，你要把我逼瘋了。」不知為何他覺得有些尷尬。面前的女孩說著像是「抱歉音樂」的話，笨拙地像個孩子似的，一邊用她的右腳腳趾搔著左腳腳踝。

杭特起了一身的雞皮疙瘩，他走到走廊，將身後的門關起來，說：「這是要幹嘛？」女孩向後退了一步，抿了抿嘴。杭特感覺自己放在門把上的手微微地發抖。女孩將毛巾及洗髮精從右手換到左手，說：「你在看電視還是在聽音樂？」杭特瞪著她，模糊中想起某個電視節目，他不知道她在說什麼，她說的是密碼，但這個密碼他無法破解。他在看電視還是聽音樂，這是什麼意思？

她說：「電視還是音樂？廣告，配樂，還是真正的音樂？」

杭特遲疑地複述：「真正的音樂。」女孩一聽便迫不急待，踮著腳尖跳著說：「巴哈。」

杭特說：「對，巴哈，《平均律鍵盤曲集》，顧爾德。」

她說：「這不就結了，所以你聽音樂。」

杭特深吸一口氣，覺得自己的肚子又漲大了些，但他馬上覺得好過多了。他當然在聽音樂。他想回到第一個問題，一開始的那個問題，但他很難在她面前隱藏自己的慌亂，他知道自己看起來像個笨蛋。他又說了一遍，這次語氣更為堅決：「這是要幹什麼？」女孩用一種講得很慢，像一個終於聽懂學生在講什麼的女老師聲調說：「我停在你房門前，是為了聽音樂。」

杭特不解地笑了笑，想到那些露出牙齒的狗，吉兒小姐唱著：「我戀愛了但我很懶。」他有衝動想將她皺巴巴的頸子像卡通裡的鴨子一樣擰斷。他忍俊不禁，女孩也跟著笑了，說：「那人腦袋大概少根筋，對吧？」杭特停止微笑，不客氣地直說：「她只是老了。」

女孩挑了挑左邊眉毛，杭特壓下門把準備回房間，有些尷尬地說：「就這樣吧。」

女孩堅定地吸了一口氣，搓手頓足連續說了三個句子，杭特必須很專心才聽懂她在說什麼：「您知道，我正在旅行。九十五號房。聽到音樂真好，有人偷了我的錄音機。」

杭特緊接著問：「誰？」有種必須爭取時間的感覺。他有些茫然，對這個旅館來說她實在太年輕了。她講的話又那麼古怪，她說：「中央車站那些傢伙，他們偷走我的背包我的錄音機所有我的錄音帶，現在我不能聽音樂了。很慘，沒音樂什麼都不行。」她帶著期待且專注的眼光看著杭特。

杭特說：「那還真是遺憾。」他求救似地朝著陰暗的長廊望去，吉兒小姐已經不再唱歌了，他隱約希望她會出來走到電梯，打破這個僵局。吉兒小姐沒出現，杭特感覺女孩正在觀察他，她問：「您住這裡嗎？」杭特轉過頭來對著她，她的嘴唇四周流露出幾近殘忍的表情，上身頗具占有性地往前傾，頭髮上的水珠仍然一滴一滴地落下來。

「是的，」杭特說：「我是說，我……」他沒說下去，差點就放她獨自一人站在這裡，走進房間，當她的面將門關上。

「這是一個奇怪的旅館，您不覺得嗎？」女孩問，一手插在浴袍口袋，口袋上的兔寶寶圖案不要臉地凸了起來。杭特覺得快累死了，他只想要顧爾德，他那有著藍色窗簾的房間，他想睡覺。他生疏了，不再習慣與人邂逅及交談；他說：「抱歉。」女孩裝模作樣地嘆了一口氣，從浴袍口袋拿出鑰匙，安撫地對杭特微笑。「要不要一起去吃飯？或許明天晚上，您可以帶我去家好餐廳，跟我介紹一下這個城市，您知道的。」杭特想到自己已經好多年沒出去吃飯，也不認得半間好餐廳，也無法告訴她關於這個城市任何事情，他什麼都不知道，可是他說：「當然，很榮幸。」他可以對任何事都說：「當然，很榮幸。」女孩笑了起來，說：「那就明天晚上八點，我來接您。晚安。」

杭特點點頭，在她用鑰匙打開自己房間時，看著她的背影。她的毛巾布浴袍沿著脊椎一片濕漉漉，顏色變深。他看著她關起來的房門，聽她在門後哼著歌，刷牙，門下縫隙透出來的亮光熄滅了。他不確定是否還有力氣回到自己的房間。

隔天早晨他被吵醒，吉兒小姐與多布里安先生在公共浴室前的走廊吵架。吉兒小姐高亢尖銳的嗓音鑽進房間，顫巍巍的聲音聽起來得意洋洋。「你這隻豬！」吉兒小姐尖叫著：「你這隻豬！噁心下流的偷窺狂，流氓！女人在浴室洗澡還敢闖進來，我要跟利奇先生說！」杭特聽到多布里安先生破碎虛弱的老人嗓音：「吉兒小姐，那是您自己故意不鎖門，要是您鎖門就不會發生這種事了！」每天都一樣。吉兒小姐從不鎖門，總有人會闖進去，看到她赤裸裸地站在那裡，又癟又皺，滿心作嘔地退出去，還要再聽她一場潑婦罵街。杭特嘆了一口氣，一把拉起被子遮住頭，睡意像條毛巾一樣從他身上溜下去，濕頭髮女孩的臉突然閃過他眼前。他想起今晚一起出去吃飯的約會，感到胃縮成一團。他不應該那麼做，不應該答應，他根本不知道該跟她聊什麼，他覺得她有點太天真，而他已經很久不再想女人了。真是太瘋狂了，在這種情況下還想跟一個過分年輕的陌生女孩出去約會，這主意實在太荒謬也太可笑了。

杭特坐起來，朝著窗外天空看去，天空灰濛濛陰沉沉的。今天是聖週六，不必工作的白日，以及可怕的假日夜晚。吉兒小姐叫罵的聲音沿著走廊漸漸遠去，杭特起床，梳洗一番穿好衣服，打開窗戶，俯看清晨濕漉漉的街道一陣子。一個胖胖的孩子腋下夾著一個紙箱跌倒了，站起來又繼續走。杭特搭電梯到一樓，快快地往門外走，可惜還是太慢，躲不過利奇的聲音。

「湯普森先生！」利奇的聲音既誘人又令人煩膩，杭特停下腳步，半轉身朝著櫃檯，並未答腔。

「湯普森先生，您看到她了嗎？」

「我是該看到誰？」湯普森先生說。

「那個女孩，湯普森先生。那個女孩，為了您我特別將她送到九十五號房！」利奇真懂得如何將「女孩」這個詞說得如此不堪，杭特背脊一陣涼意。

「沒有，」他說，一隻手撐著大門的玻璃，「我沒見到她。」利奇在他背後洋洋得意地大叫：「您說謊，對，湯普森先生！一早她就跟我說她跟您說過話了，對您印象很好呢，湯普森先生！」

杭特讓彈簧大門在身後重重地闔上，走進冰涼的街道，吐了一口痰。那女孩顯然比他想像的還要笨。他沿著八十五街往下走到百老匯，儘管是星期六上午，這裡已經開始堵車，交通號誌紅紅綠綠地閃著，人群魚貫地從百貨公司湧出，在七十五街街角有隻大到會令人作噩夢的復活節兔子往人群扔巧克力蛋。杭特繼續走著，漫無目的，心事重重，天空是如此陰沉，空氣中有種冰冷的蕭瑟。他被人撞了幾下，在百老匯六十五街街口站了五分鐘，直到賣報紙的小販提醒他，綠燈已經亮第三次了，他才回頭走去。切進小路往公園走去，在Bagels & Co. 麵包店外帶三明治跟咖啡。一個中國乞丐站在街上擋人，扯住路人的購物袋不放，杭特避開他，卻撞上一名胖胖的黑人婦女。他道歉，她笑著說：「沒關係呀，寶貝。」連鎖超市「美食車庫」（Gourmet Garage）職員坐在門口，吃著塑膠盒包裝的沙拉，坐成一排，腳與腳之間的距離都一樣大。「太多電氣了！」有個精神病患站在梅西百貨（Macy's）百貨前大喊，在杭特的記憶裡，他一直都在那裡喊叫：「太多電氣讓人發瘋！」路人笑了起來，有人朝他腳下丟十美分銅板，他從未撿起。杭特彎進一條小路，四周頓時安靜下來，一棟三層樓高的紅磚房門前掛著綁著黃色蝴蝶結的綠色花環。他走進公園坐下來，喝著已經涼掉的咖啡，吃三明治。日子就這樣從他身邊溜走，接近中午開始下起毛毛雨。

杭特繼續坐著。鴿子在花圃上啄著灑在四周的黃色顆粒狀老鼠藥，一個少女踩著直排輪一溜而過，一個黑人保母牽著小孩的手在他身邊坐下，白人小孩，病殃殃的，一臉傲慢。杭特始終盯著雙腳間的鵝卵石，灰色的鵝卵石帶著白色的斑點。他感到一陣不安，在他的關節、他的雙手中是一種陌生的感覺。這種不安跟下雪一點關係都沒有，雖然從昨晚開始冰冷的刺痛感加劇了。平時總能給他平靜和倦怠感的公園，今日卻顯得難以親近，拒人於千里之外。一個亞裔老嫗用鐵衣架在垃圾桶裡翻找，一邊喃喃自語，找不到東西就一臉無趣地消失在草地對面的樹叢間。杭特坐的長凳前有鴿子翻肚了，爪子抽搐了一下便不再動了。杭特繼續坐在長凳上。雲層往兩邊移開，露出蒼白的三月天空，他茫然地想著：「時間啊時間。」他不再想了，當長凳間長長的影子拉得更長時，他離開公園，走回百老匯，下午的交通與上午一樣毫無道理地壅塞。他彎進八十四街，街角的地下停車場肆無忌憚地吐出一輛接一輛的車子，杭特走到街道另一邊，快凍僵了，將手藏進大衣口袋深處。藍尼的店亮著燈光。

杭特小心翼翼地推開小玻璃門，被門後的毛氈門簾絆住，跌進一片黑暗中，他已經可以聽到藍尼的低笑聲。等他從門簾掙脫出來後也笑了，有點不情願。藍尼坐在收銀機後滿是灰塵的搖椅上，像個女孩一樣用手摀著嘴巴。「少來了。」杭特說。藍尼誇張地深吸一口氣，消失在收音機下的櫃子間，再出現時手上拿著一瓶威士忌及兩個玻璃杯。店裡很溫暖，灰塵在昏黃的燈光下一絲一絲地閃著，這裡聞起來有紙和潮濕的木頭味，藍尼的搖椅周圍全是書、相框、萬聖節面具、罐頭、發黃的明信片。雨傘、假髮、棒球棍。杭特將一疊古老的樂透彩券從庭園椅上挪開，坐了下來。藍尼倒了一杯威士忌，他臉上的皺紋似乎積滿了灰塵，厚厚的鏡片後面雙眼濕濕亮亮的，他說：「你昨天才剛來過，湯普森。」杭特微笑，說：「我馬上就走。」藍尼沒有回話，只是坐在搖椅上搖回店鋪的黑暗裡。威士忌喝起來鹹鹹的，某處傳來漏水聲，街上的聲響離得很遠，杭特覺得很暖和，已經忘記自己為何在這裡，也不想知道自己為何在這裡。他只想這樣坐著，他總是這樣坐在這裡，安靜，悠長，無所事事，然後離開。藍尼在觀察他，他可以感覺出來。藍尼很聰明，現在呼吸沉重，朝老舊的錫碗吐出一口痰，說：「湯普森，你該不會想買點什麼吧。」

杭特站起來，庭園椅嘎吱了一聲，他可以聽見血液在耳朵裡湧動的聲音，他說：「我想要錄音機。不必什麼特別的，小巧便於攜帶就好，我想，或許你有這樣的東西。」他盡力讓自己的聲音聽起來隨興，毫不在意。藍尼鏡片後的眼睛瞇成細長的一條線，「你已經有錄音機了，為什麼還要一個？」

杭特清清喉嚨，想避開藍尼的目光，他開始後悔問出這個問題，他不會說謊。於是他說：「我想送人。」藍尼移開視線，在搖椅上慢慢懶懶地來回晃了下，吹了吹口哨，搖了搖頭。杭特屏息，看著藍尼站起來，消失在商店的深處，玻璃破裂書本掉下，揚起陣陣灰塵。藍尼邊咳嗽邊咒罵著，抓著東西扯了一會，回來時他那布滿深色斑塊瘦骨嶙峋的手上多了一台幾乎稱得上精緻的小巧錄音機，卡匣還是銀色的。

杭特開始冒汗，冬天大衣的領子磨著脖子，羊毛圍巾刺刺癢癢的，杭特突然覺得熱到難以忍受。藍尼將錄音機放在收銀機旁，抹去上面的灰塵，他看起來有些憂心，事實上他相當憂心。杭特轉過頭去，將庭園椅移回昏黃的光線下。藍尼傾身向前，說：「你知道，我不再賣東西了。我只是坐在這裡，什麼都不賣。」

「是，」杭特虛弱地說：「我知道。」

藍尼縱容地嘆了口氣，又吐了痰，輕聲竊笑起來。「我還真是訝異，湯普森，我真的很訝異。我想，你不會要把這個錄音機送給利奇，也不會送給吉兒小姐。」他透過厚厚的鏡片看著杭特，在他的光頭上有片灰塵抖著。「湯普森，這錄音機是要給誰？」杭特沒有回答，他覺得疲憊從兩塊肩胛骨擴散開來，他用手背擦去額頭的汗。藍尼從收銀機後走了出來，一腳踢垮兩疊書，將錄音機放在杭特的大腿上，說：「拿去，我不需要了。你要是後悔，再拿回來還我。湯普森……」藍尼沒再說下去，拖著腳步走回搖椅。他坐下來，觀察自己吐在錫碗裡的痰。杭特摸了摸銀色的卡匣，光滑冰涼，希望藍尼能再說些什麼，希望他會過來拿走錄音機，希望能回到自己房間，躺回床上，回到黑暗裡。藍尼沉默。水珠繼續滴落，某處的紙發出劈啪聲，杭特站起來，手裡拿著錄音機，走到門邊，說：「謝謝。」「不用謝。」藍尼窩在搖椅深處說。杭特背對著他，等待著，心頭噗噗跳，藍尼說：「湯普森？」杭特輕咳一聲。藍尼說：「你還會來嗎？明天，後天？」杭特說：「當然。」掀開毛氈門簾，打開小小的玻璃門，雪的氣味撲鼻而來。「但願你會來。」藍尼說，於是杭特一腳走進冰冷黑暗的街道。

利奇坐在華盛頓傑佛遜的櫃檯後面讀著《每日新聞》，並未抬眼。杭特將錄音機藏在大衣底下，搭電梯上樓，悄悄地走過走廊，打開自己的房門，進去後又鎖上房門。他的膝蓋顫抖著，現在是六點四十五分，走廊上及九十五號房都寂靜無聲。

一小時，還有一小時，然後她就會來了。杭特坐在窗前的椅子上，瞪著衣櫥。他用報紙將錄音機包起來，又用毛線捆好，放在桌上，看起來相當可笑。杭特移開目光，走向衣櫥，拿出他的西裝。西裝是黑色，沾滿灰塵的味道，膝蓋手肘處都已磨損，衣領也磨得發亮。上次穿這套西裝是去參加萊特先生的葬禮，這是華盛頓傑佛遜的喪禮西裝，想到今晚會穿它赴約，他不禁嗤笑出聲。他覺得難受，胃、胸口附近及喉嚨都不舒服，他將西裝丟在床上，打開洗手台的熱水。就連這個女孩也沒法打動他去公共浴室洗澡，這女孩根本沒法打動他去洗澡，他只會刮鬍子梳頭髮，反正也沒救了。杭特面對洗手台上方的鏡子，緩緩地張開眼睛，鏡子很小，被水氣熏得起霧，杭特在慈悲的繚繞霧氣中看著自己的臉。他小心地刮著鬍子，他的手抖得太厲害，不小心割傷下巴，冒出鮮血，紅得那般病態。杭特差點窒息。深呼吸，打開冷水讓水流過手腕，數著。一邊聞到刮鬍膏的味道，還有香皂，薄荷味。他撕下一小片報紙止血，穿上西裝，袖子有點短，少了一顆鈕扣。杭特感覺自己似乎在作夢，像在夢遊，什麼都無所謂。他點了一根菸，將褲管拉高，坐在床邊。他咳嗽，現在是七點四十五分，他等著。

被防火梯的柵欄分割成一小格一小格的天空從蒼白變成黑色，天空飄著毛毛細雨。床頭櫃上的鐘滴答滴答地走著，暖氣管道中的水轟轟地流過，片刻間，房子晃動起來，一種不尋常的陌生動靜。「就像一艘船，」杭特想，「就像一艘船，纜繩已鬆脫，離開岸邊已久，只是我沒發現而已。」所有聲響都像是從很遠很遠的地方傳來，時鐘指針繞著圈子，一小時一小時地劃過，那女孩沒來，當然她不會來。杭特躺在床上微笑，看著天花板上的水漬，水泥的裂縫，有種失望後的解脫。不然又會如何呢，這樣一個晚上，坐在好餐廳裡，侍者的假笑，褲袋裡的零錢，顫抖的雙手，吞嚥時的疼痛。她一定要聊天，而他也一定沒話好說，只能聽著自己的心跳，愈跳愈快愈跳愈快，然後。杭特躺在床上微笑。「時間，」他想，「時間啊時間。」時針指著十一，他拉過被子蓋在膝蓋上，翻身側躺。他的視線掃過房間裡的東西，掃過那些遭歲月打磨至柔軟平順的熟稔。房間很暖和，疲倦感很重也很美。

九十五號的房門在午夜時發出聲響。杭特並未聽到女孩的聲音，沒有悄聲輕快走過漆黑走廊的腳步聲，或許這樣的聲音太過陌生。他坐起身子凝神諦聽，悄然無聲。他站起來，感覺有些暈眩，眼前一片黑，片刻後才恢復。他脫掉西裝，先是外套，然後褲子，全都皺成一團，他小心翼翼地將衣服掛回衣櫥。站在錄音帶前，莫札特與巴哈，悲傷的舒伯特，以及短小、安靜、溫柔的薩提；星期天專屬的葡萄牙法朵，還有珍妮絲·賈普林的嗓音，這嗓音讓他覺得自己實在太老了，一直都太老。有時，在得意忘形時，阿斯托爾·皮亞佐拉（Astor Piazzolla）。還有這個美國人，這個高大，長相奇醜無比的古怪傢伙，他只聽他一首歌《澤西女孩》（*Jersey Girl*），但他真喜歡這首歌。然後又是莫札特跟舒曼，中間夾著一張史蒂文斯的唱片，怎麼來的？杭特用手撫過錄音帶的外殼，搖了搖頭，不好意思地笑了。探戈舞曲，卡拉絲的詠嘆調，音樂與時間，時間，冬之旅，異鄉人，還有非洲歌謠，那是他在湯普金斯廣場跳蚤市場買的，七年了，或者八年還是十年。杭特沒哭。翻過錄音帶外殼，連自己的字跡都認不出來了。爵士與詩歌，楚門．柯波帝的聲音。然後他開始打包，從櫃子拿出一個小鞋盒，將所有錄音帶放進去，排得整整齊齊，背對著背，有些沒有標示，她得自己解決。他也把顧爾德的錄音帶從錄音機裡拿出來，就連這捲也一樣，杭特沒有漏掉任何一捲。女孩敲了他的門，已經很晚了，多晚，太晚了。杭特闔上鞋盒，放在包著錄音機的小包裹上，將門開條細縫，把兩樣東西推到走廊上。

女孩說：「求求您。」伸出一隻腳抵住門縫，杭特用雙手的力量將她的腳擋回去，說：「復活節快樂。」關上門。女孩站在門後，又說了一次：「求求您。」她說：「很抱歉，我知道，我來得太晚了。」杭特坐在地板上沒有說話。他可以聽見她的呼吸聲。他可以聽見她拿起兩件東西，打開鞋盒，拆開包裹的報紙。她說：「噢。」錄音帶彼此碰撞的聲音，她說：「我的天啊。」然後她就哭了。杭特雙手遮住臉，用大拇指按著閉合的眼瞼，那樣用力，直到泛紅。走廊上的女孩哭泣著，或許她太自負，也或許她很失望。杭特將頭靠在門板上，頭好重，他不想再聽了，但他還是聽見了。女孩說：「您不必這樣。」杭特很輕很輕地說，他不知道她是否能理解，但他畢竟是對自己說的：「我知道。但我想這麼做。」女孩說：「謝謝。」杭特點點頭。他聽見她大衣窸窸窣窣的聲音，應該是塑膠材質的外套吧，或許是綠色，她推了一下門，但門依然緊閉，她說：「您不再開門了嗎？」杭特搖搖頭。她說：「就一個問題，最後一個問題，您能回答我一個問題嗎？」「可以。」杭特說，對著門與牆之間的縫隙。他猜她的嘴巴就在那附近，那張興奮不安細薄的嘴。她說：「我只想知道，為什麼您住在這裡，為什麼。您能告訴我嗎？」杭特將臉靠在門縫上，有些透風，冷風吹進來，冰涼的。他再度閉上眼睛，說：「因為我可以隨時離開。每天，每天早上，收好行李，將門在身後關上，離開。」女孩沉默了半晌，說：「離開去哪裡呢？」杭特馬上回答：「這問題完全是多餘的。」門上的壓力輕了，塑料大衣窸窸窣窣響起，女孩像是站了起來，門縫中不再有冷風。「好，」她說：「我懂了，晚安。」「晚安。」杭特說。他知道她就要打包行李，將錄音機跟他的音樂放進去，然後離開，在天大亮之前。

夏之屋，再說吧

史坦在冬天找到這棟房子。十二月初某一天，他打電話給我，說：「哈囉。」然後沉默，我也沉默。他說：「我是史坦。」我說：「我知道。」他說：「最近好嗎？」我說：「打電話來做什麼。」他說：「我找到了。」我莫名其妙地問他：「你找到什麼？」他激動地回說：「房子！我找到房子了。」

房子。我想起來了，史坦跟老掛在口中的**那棟**房子，柏林之外，鄉間房屋，莊園住宅，前有椴樹，後有栗樹，上方是天空，附近有布蘭登堡的湖，至少三畝耕[1]大的土地，地圖攤開，做上記號，整個星期都在附近開車繞著，尋找著。每次找完回來，看起來總是很可笑，其他人總說：「說什麼傻話，根本不可能找到。」史坦一不在，我就忘了這回事，連他這個人我也忘記了。

我不加思索地點了根菸，就像每次史坦莫名其妙出現，而我想不出該說什麼時。我遲疑地說：「史坦？你買下來了？」他大叫：「對！」然後聽筒就從他手中掉下去。我還從未聽過他大叫。他又拿起聽筒，繼續大叫：「妳一**定**要來看，太不可思議了，太棒，太完美了！」我沒問他為什麼一定要我去看，我只是聽著，儘管他已經沒什麼好說的了。

「妳在做什麼？」最後他問我，聽起來近乎猥瑣，聲音有些顫抖。「沒什麼，」我說，「只是坐在這裡看報紙。」「我來接你，十分鐘後到。」史坦說完便掛斷電話。

五分鐘後他就到了，在我幫他開門後，他的大拇指還是按著電鈴不放。我說：「史坦，別再按電鈴了，這很討人厭。」我想說，史坦，外面冷死人了，我沒興趣跟你開車出去，滾吧。史坦不再按鈴，歪著頭想說什麼，卻什麼也沒說。我穿上大衣，我們便出發了，他的計程車菸味瀰漫，我搖下車窗，臉迎向冷冽的空氣。

---

1 Morgen，從前的土地面積單位，指一個人和一匹馬一早上可以耕作的面積。在不同地區所代表的大小不同，在舊普魯士地區一畝耕相當於兩千七百平方公尺。

與史坦在一起，就像其他人所認為的那種關係，在他打來這通電話前已經過了兩年了。這段關係維持得不久，在一起大部分的時間就是開著他的計程車到處去。我跟他就是在他的計程車裡認識的。他載我去一個節慶活動，在高速公路上他把Trans Am樂團的錄音帶塞進錄音機裡。抵達目的地後我說，這個活動現在在另一個地方舉辦，於是我們繼續開車，不知何時他關掉跳錶器。他跟著我回家，將他幾個塑膠袋放在我家走廊上，總共待了三個星期。史坦從來沒有自己的住所，總是提著塑膠袋在城裡穿梭，有時睡這裡，有時睡那裡。若沒找到睡覺的地方，他就睡在計程車上。他不像人們想像中的流浪漢，他很乾淨，穿著得體，從不邋遢。他有工作所以他有錢，只是沒有自己的住所，或許他根本不想要。

史坦住在我那裡的那三個星期裡，我們開著他的計程車逛遍了城市。第一次走完整條法蘭克福大道，從頭到尾又再折回來。我們聽Massive Attack的歌，抽著菸，在法蘭克福大道上來回開了一個小時之久，直到史坦說：「妳懂嗎？」

我腦袋一片空白，感覺全身都被掏空，處於一種奇怪的漂浮狀態。眼前的馬路很寬闊，路面被雨水淋得濕濕的，擋風玻璃的雨刷來來回回。馬路兩旁史達林式建築巨大陌生但很壯觀。這個城市已不再是我認識的那個城市，它曾是自給自足且空蕩無人，史坦說：「像隻絕種的巨獸。」我說，有天我會懂他的意思，我停止胡思亂想。

之後我們幾乎總是開著計程車到處逛。史坦給每條路線配上不同的音樂，Ween樂團給城鄉公路，大衛．鮑伊給市內道路，林蔭大道配巴哈，Trans Am樂團是高速公路。而我們幾乎都開高速公路。開始下第一場雪後，史坦看到每個休息站都要停下來，衝進被雪覆蓋的田野，開始緩慢且專注地做出各種跆拳道動作，直到我笑到發怒地喊他回來，我很冷，想繼續往前開。

有一天我受夠了。將他的東西放進他那三個塑膠袋裡，說：時候到了，他得找個住處。他說完謝謝就走了，搬到克莉思汀安娜那裡，我的樓下鄰居。接著又住進安娜、亨麗耶特、法可，然後其他人那裡。他跟每個人都做愛，這也是無可避免的，他長得很俊美，是名導法斯賓達會驚豔的那種。他總是在場，又不真的在場，他並不屬於這裡，但不知何故就是留下來了。他在法可的畫室當模特兒，幫安娜的演唱會拉電線，去紅沙龍聽海因茲演講。我們在劇院裡鼓掌時，他也鼓掌；我們喝酒時，他也喝；我們嗑藥時，他也嗑。每場節慶他都在，夏天我們去鄉間，住進破舊歪斜的鄉間小屋時，他也跟來了。很快每個人都有了這樣的小屋，腐朽的柵欄上還噴著「柏林人滾出去！」的字眼。偶爾我們當中有人會將他帶上床，偶爾還會有人在旁邊觀看。我沒有。我不吃回頭草。我可以說，那不是我的習慣。我也記不起來跟史坦做愛是什麼感覺了。

我們和他坐在庭院跟房子裡，生活在那些庭院跟房子的人跟我們毫無關係。工人曾在這裡生活，還有小農及假日農夫，他們討厭我們，我們也討厭他們。當地人看到我們就閃，我們光想到他們就興致索然。總之就是格格不入。我們偷走他們「自己人」的氣氛，使村子、田野甚至天空都變形了，他們可以從我們行為舉止看出來，看我們如何踩著逍遙騎士[2]的步伐閒晃，將燒完的大麻捲菸屁股投進他們前院花壇，喝酒乾杯，嬉笑怒罵。但是不管怎麼說，我們還是喜歡去那裡。在小屋裡我們撕掉壁紙，除去所有殘膠，史坦動手的。我們坐在庭院裡，喝著酒，呆愣愣瞧著樹叢中成群飛舞的蚊子，談論著卡斯多夫與海納．穆勒，以及瓦維茲內克最近在人民劇院出的大紕漏。史坦要是不想工作時就會跟我們坐在一起，但他根本無話可說。我們嗑LSD，史坦也跟著嗑。托迪踉蹌走進暮色，不管碰到什麼都口齒不清地說著「藍色」什麼的。史坦刻意擺出一張微笑的臉，但什麼話都不說。他模仿不來我們那種尖酸刻薄、神經衰弱、頹廢到極點的眼神，不管再怎麼努力。常常他就只是看著我們，彷彿我們站在舞台上表演。有一次，我和他單獨兩人，可能是在海因茲位於盧諾的房子庭院裡，其他人全都嗑了安非他命出門去看日落。史坦將杯子、菸灰缸、空瓶及椅子收拾好，他做到了，很快就將其他人留下的蛛絲馬跡收拾得乾乾淨淨，一點都不剩。「要喝酒嗎？」他問，我說：「好。」我們喝酒，安靜地抽著菸，目光相逢時他總是微笑。就這樣而已。

我心想：「就這樣而已。」計程車裡我坐在史坦旁邊，沿著法蘭克福大道朝著普倫茨勞的方向行駛，在下午的車流中。這一日灰濛濛又冷，塵土飛揚，旁邊的車子全坐著兩眼無神、愚蠢、手指僵硬、疲憊的司機。我抽著菸，問自己為什麼坐在史坦旁邊的會是我，為什麼他會打電話給我，因為對他而言，我

2 一九六九年的美國公路電影 Easy Rider。

是開局的那個人嗎？因為他找不到安娜、克莉思汀安娜或托迪？因為沒人想跟他一起去？那我又為什麼跟他去呢？所有問題我都沒有答案。我將菸蒂丟出車窗，無視旁邊那輛車子駕駛的非難。計程車裡冷到不行。「史坦，暖氣有問題嗎？」史坦沒回答。自那之後，這是我們頭一回又一起坐在他的車子裡，我故作輕鬆地說：「史坦，是什麼樣的房子，你付了多少錢？」史坦漫不經心地看著後照鏡，闖過紅燈，不停地換著車道，菸已經吸到快燙著嘴唇了。「八萬，」他說，「我付了八萬馬克。房子很棒，我一看到馬上知道，就是它了。」他的臉頰發紅，在無視先行權超過一輛公車時用手掌猛按喇叭。我說：「你哪來的八萬馬克？」他看了我一眼，說：「妳問錯問題了。」我決定不再開口。

我們駛離柏林，史坦下了高速公路開在城鄉公路上，天空開始飄雪。我累了，就像平常一樣，坐車令我疲倦。我瞪著雨刷，瞪著畫著同心圓、迎面而來的紛飛雪花。我想起兩年前搭史坦的車的情景，想起那種奇特的歡暢，想起那種什麼都無所謂的心情，想起那種陌生的感覺。史坦車子開得很穩，偶爾瞥我一眼。我問他：「錄音機壞掉了嗎？」他微笑，說：「沒呀。我不知道……如果妳還喜歡的話。」我翻了個白眼，「我當然還喜歡啊。」一邊將卡拉絲錄音帶塞進錄音機裡，裡頭是董尼采第的詠嘆調，史坦已連續反覆播放過二十次。他笑了，「妳還記得呀。」卡拉絲詠唱著，音調上下起伏，史坦加速又減速，我笑了起來，用手輕輕碰了下他臉頰，皮膚異常地粗糙。我心想：「什麼又是正常呢。」史坦說：「看吧。」我看到他一出口就後悔了。

過了安格爾明德他岔出城鄉公路，在一棟一九六〇年代的平房前緊急剎車，害我的頭撞到擋風玻璃。我失望且不安地問：「就是這個？」史坦卻很高興，在結冰的水泥上誇張地朝著穿圍裙的女人滑過去，這女人剛從房門走出來，一個蒼白瘦小的孩子緊緊抓著女人的圍裙。我搖下車窗，聽到史坦熱情洋溢地喊著：「安德森夫人！」我實在非常討厭他跟這類人打交道的方式，他對著她伸出手，但她沒握住，而是將一大串鑰匙丟到他手上。「冷到結凍的天氣沒水，」她說，「管線壞了，不過下禮拜應該就會有電了。」抓著她圍裙的小孩開始哭鬧。「沒關係。」史坦說，又滑回車子旁，停在我搖下的車窗邊，屁股優美又淫穢地畫著圈圈，一邊唱道：「來吧，寶貝，好生快活一下吧。」我說：「史坦，別鬧了。」我感覺自己臉紅了起來，抓著女人圍裙的小孩鬆開手，朝著我們往前邁出令人訝異的一步。

「之前他們住在裡面。」史坦說，一邊發動車子，倒著車退到城鄉公路上。現在雪下得更密了，我轉過頭，看著女人和孩子站在透著亮光的門前，直到房子消失在彎道之後。「他們在生氣，因為一年前他們就被趕出去了。但不是我趕他們出去的，是住在多特蒙德的屋主。我只是買下房子而已，對我來說他們繼續待下去也無所謂。」我毫不同情地說：「這些人也太噁了。」史坦說：「什麼叫太噁。」一邊把整串鑰匙甩到我大腿上。我數了數一共有二十三把鑰匙，有很小的，也有很大的，全都很舊了，把柄的弧度非常優美。我低聲哼唱著：「一把鑰匙給馬廄、一把鑰匙給閣樓、一把給大門、給穀倉、給好房間、給擠乳室、信箱、地窖和庭院大門。」突然間，我開始理解史坦，理解他的亢奮，他的期待及他的狂熱，儘管我並不真想理解他。我說：「很高興我們可以一起去看房子，史坦。」他並不看我，只說：「無論如何從門廊可以看到教堂尖塔後的落日。我們快到了，過了安格爾明德就是坎尼茲，房子就在坎尼茲。」

坎尼茲比盧諾還糟，也比藤普林及申瓦爾德還糟。彎曲的公路兩旁全都是灰撲撲的低矮房子，許多窗戶都用木板條封住，沒有商店，沒有麵包店，沒有餐廳。雪愈下愈大，我說：「史坦，這裡很多雪。」史坦說：「當然。」一副他買了房子就連雪也一起買下似的。當村莊教堂出現在公路的左邊，看起來還真的蠻漂亮的，紅色的外觀且有鐘塔，史坦開始發出一種奇怪的嗡嗡聲響，就像夏天蒼蠅撞著緊閉的玻璃窗那樣。他彎進小路，剎車，同時以一種誇張的姿態鬆開方向盤，說：「就這房子。」

我看著車窗外，心想：「這快要不行了吧。」房子看起來像是隨時會不聲不響地突然倒塌。我下車，小心翼翼地關上車門，彷彿連這樣的動作都可能震壞房子，就連走向房子的史坦也踮起腳尖。這房子就像一艘船，在坎尼茲街道邊就像一艘擱淺很久的大船。一棟兩層樓的紅磚莊園大屋，山牆屋頂只剩骨架，兩邊都有木雕馬頭裝飾，大部分的窗戶都沒玻璃。歪斜的門廊全靠茂盛的常春藤支撐著，牆上全是大拇指般粗的裂痕。房子很美，曾經，當它還**是棟房子**時，現在，它是廢墟。

史坦試著拆掉掛在庭院門上「出售」的牌子時，那扇門悲慘地應聲倒地。我們跨了過去，我停下來，被史坦臉上的表情嚇了一跳，眼睜睜地看著他消失在門廊前的常春藤中，接著聽到窗框掉下來的聲音，史坦那張狂熱的臉出現在破裂的玻璃中間，被煤油燈照亮著。

「史坦！」我大喊，「出來！房子會垮掉！」

「進來！」他也大喊，「這可是我的房子！」

我自問這何以讓人安心，然後跌跌撞撞地走過垃圾和廢棄物，踏上門廊。門廊木頭吱吱叫，常春藤擋住所有光線，我厭惡地把藤蔓推到一旁，史坦冰冷的手一把將我拉進屋裡。我馬上抓住，抓著他的手，突然間我不想失去他的碰觸，更不想失去煤油燈閃爍的光。史坦哼著歌，我跟著他走。

他推開所有朝著庭院的百葉窗，透過門上紅色的碎玻璃，我們看到最後的夕陽。我外套口袋中那一大串沉重鑰匙根本派不上用場，因為所有門都開著，或者早就不見了。史坦拿著燈到處照，指著東西描述，激動地站在我前面，想說什麼，但又沒說，拉著我繼續走。撫摸著樓梯欄杆跟門把，敲敲牆壁，撕下壁紙，對著露出來的灰塵斑駁的泥牆表示驚嘆。他說：「妳看到了嗎？」並且說：「摸摸看！」還有：「妳覺得如何？」我根本不必回答，他只是自說自話而已。他跪在廚房地板上，用手拭去磁磚上的污垢，喃喃自語著；雖然我一直黏在他身邊，但他早就看不見我了。牆壁有青少年圈地盤留下來的痕跡──**去找她，展現你的雄風**[3]**；馬諦斯到此一遊；沒風險就不好玩了**。我唸出聲：「去找她，展現你的雄風。」史坦突然轉過來，茫然地問：「什麼？」我說：「沒什麼。」他抓住我的手臂，把我推到他面前，一腳把後門踢到庭院裡，把我推下小台階，說：「這裡。」

3 出自東德搖滾樂團Puhdys一九七三年的歌曲*Geh zu ihr*，電影*Die Legende von Paul und Paula*的主題曲。

我說：「什麼，這裡？」

「全都有了！」史坦說：「湖，布蘭登堡的湖，院子有栗樹，三畝耕大的土地，你們可以在這裡種那天殺的草，魔菇大麻之類的狗屎。空間足夠，妳懂嗎？空間足夠！我幫你們在這裡弄個沙龍，還有撞球間跟吸菸室，你們每個人都有自己的房間，房子後面有大桌子可以擺吃的還是什麼烏七八糟的東西，起床後就可以散步去奧得河邊，去嗑妳的快克，直到腦袋爆炸。」他用力地把我的頭轉向外面，天色已經很暗，幾乎什麼都看不清，我開始發抖。

我說：「史坦，拜託，放手。」

他放手，沉默著，我們彼此對看，呼吸急促，兩人頻率幾乎一致。他抬起手，緩慢地觸摸我的臉頰，我向後一縮，他說：「好，好，好，沒事。」

我沉默地站著，不明白這一切。模模糊糊間我當然是懂了一些，但也實在太模糊了。我筋疲力竭虛弱不堪，我想到其他人，突然湧出一股怒氣，他們竟然放我一個人在這裡，沒人在旁邊，克莉思汀安娜不在，安娜不在，海因茲也不在，沒人幫我阻止史坦。史坦提起腳尖在地上畫著圈圈，說：「對不起。」

我說：「沒關係，沒事。」

他握起我的手，他的手現在既暖又軟，說：「喏，教堂尖塔後的太陽。」他將門廊上的雪掃到階梯下，邀我坐下來。我坐下，感覺好冷。我從他手上接過已點燃的菸，吸了幾口，愣愣地看著教堂尖塔，背後的太陽早已落下。我有罪惡感，覺得自己該講些可期待的，樂觀的話，我覺得惶惶然，說：「等夏天來時，我可以除掉門廊上的常春藤。不然我們想坐在這裡喝杯酒時什麼都看不見。」

史坦說：「我來做。」

我不確定他是否真的有在聽我講話，他坐在我身邊，看起來很疲倦，看著空洞冷冽一片雪白的街道。我想起那個夏天，在海因茲盧諾房子庭院裡的那一刻，我多希望史坦能再用當時的眼神看我，而我痛恨自己這樣想。我說：「史坦，你可以告訴我嗎？拜託？你可以解釋給我聽嗎？」

史坦將菸蒂丟到雪中，沒看我，說：「有什麼好跟妳說的。這就是一種可能，許多種可能中的一個。妳可以接受，也可以置之不理；我可以接受，或是就此打住到別的地方去。我們可以一起接受，或者假裝我們從來都不認識。但這都不重要，我只是想讓妳看看這個地方，如此而已。」

我說：「你付了八萬馬克，只是想給我看一種可能，許多可能中的一個？我沒聽錯吧？史坦？這是為什麼？」

史坦沒有反應。他彎身向前，嚴肅地看著街上，我隨著他的目光看去；街道昏昏暗暗，雪反射出最後一絲亮光，讓人眼花。有人站在街道另一邊，我瞇著眼睛坐直身體，人影大約有五公尺遠，正轉頭走進兩棟房子的陰影中，庭院門喀啦作響的聲音傳來，我確定自己認出那就是安格爾明德那個孩子，那個蒼白愚蠢，緊抓著女人圍裙的的孩子。

史坦站起來，說：「我們走吧。」

我說：「史坦，那個孩子，就是安格爾明德那個。他為什麼站在這條馬路上觀察我們？」

我知道他不會回答。他幫我打開車門，我站在他前面，等他做些什麼，或許碰碰我，或許一個動作。我心想：「**你**不是一直都想跟我們在一起。」

史坦冷淡地說：「謝謝妳跟我來。」

我上車坐下。

回程我們聽了什麼音樂，我完全記不得了。接下來的幾個星期也很少見到史坦。湖面已經結冰了，我們買了溜冰鞋，晚上帶著火把穿過森林走到冰上，我們用海因茲那台號稱「貧民窟大喇叭」的手提式錄音機聽帕羅康提（Paolo Conte）的歌，一邊嗑著搖頭丸，競相朗讀著布列特・伊斯頓・艾利斯（Bret

Easton Ellis）《美國殺人魔》的精采片段。法可吻了安娜，安娜吻我，我吻克莉思汀安娜。有時史坦也在，他就會吻亨麗耶特，每當他吻她，我就別開視線。我們彼此保持距離，他沒跟別人說他終於買了房子，也沒說我跟他一起開車去看過。我也沒有。我沒有在想那棟房子，但有時，在我們搭史坦的計程車回到城裡，在我們把溜冰鞋跟火把丟進後車廂時，我會發現屋頂防水膜、壁紙，還有油漆。

二月時托迪跌進格里布尼茨湖。當時海因茲穿著溜冰鞋在結冰的湖面上溜得很快，一邊舉著火把大喊：「多開心啊，真是開心死了，我根本不敢相信！」他喝醉了，托迪跟在他身後溜著，我們大喊：「說，**藍色**，托迪，說！」接著一聲碎裂，托迪就不見了。

我們呆呆站著，海因茲張大嘴巴做出一個華麗的大轉身，火把滴下去的熱蠟在冰層發出滋滋聲響。法可跑了起來，被溜冰鞋絆倒，安娜扯下圍巾，克莉思汀安娜愚蠢地用雙手摀住臉發出尖細的叫聲。法可肚子貼在冰上匍匐前進，海因茲不見人影，法可喊著托迪，托迪喊了回來。安娜抛出她的圍巾，亨麗耶特緊緊抓著法可的腳，我只是站著。史坦也站著，我從他手上接過已點燃的菸，他說：「**藍色**。」我說：「**寒冷**。」然後我們開始大笑。我們笑到直不起腰，最後躺在冰上，眼淚流下臉頰；我們繼續笑著，笑到停不下來，就連他們拉起托迪，全身濕淋淋地發抖著，我們仍然停不下來，亨麗耶特說：「你們是瘋了還是怎樣。」

三月時史坦消失了。海因茲三十歲生日時他不在場，沒出現在克莉思汀安娜的首演，也沒去安娜的音樂會。他走了。亨麗耶特漫不經心傻傻地問他去哪裡了，大家只是聳聳肩。我沒聳肩，但我一言不發。一個星期後來了第一張明信片。正面是坎尼茲村莊教堂，背面寫著：

屋頂已經不漏了。那孩子擤鼻涕，不說話，總是在這裡。太陽是種倚仗，它走後我就抽菸，我種了點植物，妳可以吃的。如果妳來，我會剪掉常春藤，妳知道的，鑰匙還在妳那裡。

之後明信片定期寄到，我總是等著，中間要是落掉一次，我會非常失落。正面總是教堂照片，背後四或五個句子，就像小謎題，有時很優美，有時難以理解。史坦常常寫：如果妳來，他不寫「來吧」，我決定等他寫「來吧」時我就去。五月沒有明信片，卻來了一封信。我端詳信封上史坦歪扭斗大的字跡，爬回法可的床，撕開信封。法可還在睡覺打呼。信封裡是一張《安格爾明德地方公報》的剪報，史坦在背面潦草地寫下日期。我推開法可熟睡溫暖的身軀，展開來讀：

地方新聞

星期四深夜一座位在坎尼茲的舊莊園房子失火燒得精光。莊園主人是一位柏林人，半年前買下這棟興建於十八世紀的房子進行整修，失火後便失去蹤跡。起火原因尚未查明，目前警方並未排除縱火的可能。

我讀了三遍。法可動了一下。我瞪著報導，又瞪著信封上史坦的筆跡，再轉回來瞪著報導。信封上的郵戳是斯特拉爾松。法可醒來，面無表情地看著我好一陣子，然後抓住我的手腕，像個狡猾的傻子一樣問：

「那是什麼？」

我抽回我的手，下床說：「沒什麼。」

我走進廚房，漠然地在爐子前站了十分鐘，爐子上方的時鐘滴滴答答地走著。我走進後面的房間，打開書桌抽屜，將信封放在其他明信片及鑰匙上，我心想：「再說吧。」

暗箱 camera obscura

那位藝術家很矮。馬莉有時不確定自己是否正常，那位藝術家實在太矮了；她心想，你腦袋少根筋了吧，她指的是自己，或許因為秋天，因為一直存在的不安又開始騷動，因為背脊發冷，因為下雨？

那位藝術家真的非常矮，絕對比馬莉矮三個頭。他很有名，至少柏林每個人都認識他，他從事電腦藝術創作，寫了兩本書，有時會在晚間廣播節目中談話。那位藝術家還長得很醜。有個很小，很無產階級的頭，膚色很深，有些人宣稱他有西班牙血統。他的嘴唇薄得令人無法置信，幾乎不存在。不過他的眼睛很漂亮，又黑又大，說話時常用手遮著臉，這樣人們就只能看到他的眼睛。

藝術家穿著品味非常糟糕，一件破爛的牛仔褲——兒童尺碼，馬莉心想——總是綠色夾克，總是球鞋。左手手腕上繫著一條黑色皮帶。有些人宣稱，別看藝術家外表如此，他其實非常非常聰明。

馬莉對藝術家有所求，至於求什麼，她也不知道。或許是他閃亮的名氣，或許站在一個醜男人身邊會顯得她更為美艷。或許她只想滲透破壞藝術家表面的無動於衷。馬莉認真地問自己是否一切正常。兩人站在一起不會顯得很可笑嗎？馬莉一直都只想跟俊美的人在一起。看男人還要低下頭去真是一件恐怖的事，去設想一切會如何也很恐怖，如果……可是，瑪莉還是想要。

在最初的那個晚上他們接吻了。或者應該這麼說，馬莉吻了藝術家。他突然站在她前面，在那個典禮上，在所有柏林名流之間。在那個晚上，馬莉不知道應該把自己長長、長長的眼光投在哪個名流身上。藝術家就自動現身了。他突然出現在她面前，帶著那對美麗的黑眼睛，而馬莉曾在電視看過他，馬上就認出他是誰。他邊走邊幫她的杯子倒入伏特加，一邊問她一堆很難回答的問題。對妳來說幸福是什麼；妳曾經背叛過誰嗎；如果只因美貌得到某種成就，妳會不安嗎。

馬莉喝著伏特加，遲疑了半晌，說：幸福永遠是真正來臨前的那一剎那。在我應該感到幸福時的前一秒，在那一秒，我很幸福，而且不知道自己很幸福。我背叛過很多人，我想。還有，我覺得因我的美貌就可以獲得成就是一件非常美好的事。

藝術家瞪著她，她也回瞪著他，這她很拿手。周遭的人們愈來愈躁動，藝術家真的太矮又太醜了。多半是出於叛逆，而不是表示同仇敵愾，馬莉彎下身子，雙手捧起藝術家的頭，朝他的嘴吻了下去。他也回吻了她，當然。然後馬莉留下電話給他就走了，直到外頭夜晚的清寒冷冽撲面而來，她才發現自己喝得有多醉。

藝術家等了三天才打電話給她。他真的等了三天嗎？馬莉是這麼想。一天晚上他們一起去酒吧，馬莉快被冷死而且還昏了好幾次，因為藝術家只是一直看著她，卻不願跟她聊天。一天早上他們一起去公園散步，藝術家戴著一副時髦的太陽眼鏡，馬莉很喜歡。一天下午他們坐在咖啡館裡，馬莉稍微講了些自己的事，其他時間都保持沉默，藝術家說，他不會喜歡後設層面上的談話。

馬莉不懂到底什麼是後設層面。當她去見他時，總是穿著她唯一一雙平底鞋，她對兩人的身高差感到丟臉。那是秋天，垂死的胡蜂晃晃蕩蕩地從開著的窗戶飛進馬莉的房間。馬莉覺得冷，戴著手套，白天愈來愈短，她常常覺得疲倦。有時，她將頭往後仰，試著發出銀鈴般的笑聲。但不太成功。有一次藝術家問她，是否哪天願意跟他一起到波羅的海玩兩天。馬莉說好，心裡想的是像阿爾貝克、菲施蘭和希登塞之類的地方，想著漫長、潔白、冬天的沙灘，想著貝殼及平靜的海面。她的想像裡沒有藝術家。她站在窗邊，手裡拿著一杯冷掉的茶，瞪著街道。這些天來她心神不寧，將點燃的菸頭塞進嘴巴，任由水龍頭一直開著，還把鑰匙給搞丟了。有一次藝術家打電話來，竟然真的說出我愛妳。馬莉坐在地板上，電話話筒夾在頭跟肩膀間，看著鏡子。她慢慢地閉起眼睛，又慢慢地睜開。藝術家不說話了，但她聽得到他的呼吸聲，細微，規律，平靜。他並不激動，馬莉也不。她又說好，她很訝異事情進展這麼迅速。藝術家掛斷電話。

每次馬莉想起他的眼睛，便感到背部一緊。他的眼睛真的漂亮，她並未期待他打電話來，她知道他會打。藝術家似乎對自己侏儒般的矮小非常滿意，並以毛躁及滑稽的動作來強調這點。他像錫兵娃娃那樣走路，有時會在路中央突然倒立起來，做鬼臉，將錢幣塞進耳朵再從鼻子挖出來。自從典禮上的那一吻後，他就不曾再碰過馬莉，馬莉也沒再碰他。每次兩人告別，他總是做出一副想把手放在她手臂上的樣子，但也總是在最後一刻又縮回來。他問：當妳直視我的眼睛久久不動時，代表什麼意思。馬莉答道：親近，攻擊性，還有性，應允。她不確定是否真是這樣。藝術家不懂怎麼微笑，每次他覺得自己在微笑時，其實只是將眼睛瞇成一條線，嘴角誇張地上揚。馬莉覺得這一點都沒有說服力，她告訴他，聲音帶點洋洋得意的味道。可能是吧，藝術家說，頭一回露出受傷的表情。

有一次，半夜在一家咖啡館裡，馬莉已經喝得很醉了，問他是否曾經動過跟她上床的念頭。她知道這是不對的，但她無法不問，她想問這個問題已經好幾天了。藝術家說：對某些女人，我的確把跟她們上床當成目標。馬莉忿忿不平，雙手環抱胸前，決定不再說話。藝術家喝著酒，抽菸，看著她，然後說：妳最好現在就走。於是馬莉騎著她的腳踏車回家，非常生氣。

後來她打電話給他。我沒興趣當妳的觀察對象，藝術家說，不過我還是可以跟妳見面。他讓馬莉想起一種動物，小動物，一種小小的，黑色，全身毛茸茸，長相有點恐怖的小猴子。她將平底鞋收進鞋櫃，穿上高跟長靴，騎上腳踏車，第一次去他家。

她按了三次門鈴後藝術家才開門，他穿著他的球鞋，他破破爛爛的牛仔褲，他黑色的套頭毛衣。他曾跟馬莉說過一次，他總是一口氣買下十五件小號套頭毛衣，然後全部染成黑色。他家很暖和，少見的整齊乾淨。牆壁漆成橘色，有一大堆書、CD和唱片。妳要喝茶嗎，藝術家問。好，馬莉說，然後坐到他書桌前唯一一張椅子上。書桌並未靠著窗戶，而是靠著後面的牆，牆上釘著一堆明信片、漫畫剪報、照片、信件、疊在一起的一疊疊小紙片。藝術家在南邊某個地方，手上抱著一個臉頰胖嘟嘟的金髮小孩。劇院的節目表，一篇書評，剪得整整齊齊。一組護照大頭照，藝術家的，因為太矮，上面的閃光燈打在額頭上變成白色亮點。一張黃紙上以偌大的字體印著一句話：「在背叛的年代風景都很美麗。」[4]藝術家在廚房把杯子弄得乒乒乓乓，馬莉咬著下唇，既窘迫又緊張。她聽到他走過來踩在軟木地板上的聲音，轉身面對著他，硬是擠出一個僵硬的微笑。藝術家將杯子放在書桌的玻璃桌面上，問：音樂？馬莉聳聳肩，緊緊抓住杯子，藝術家塞一張CD進音響。喇叭一聲巨響，PJ哈維的歌聲從很遠的地方傳來：《就是這樣了嗎？》（*Is that all there is?*）頹靡之

---

4 德國劇作家海納・穆勒（Heiner Müller）的詩。

音，馬莉心想，考慮要不要說出口。藝術家在她身邊走來走去，顯得非常有信心且自得意滿，他觀察她，一臉嘲弄的神情。馬莉清清喉嚨。藝術家說：要不要上網玩玩？馬莉說：這我不懂。藝術家很友善地說：沒關係。他打開電腦，機器低聲嘶嘶響著，原來黑色的畫面突然變成明亮的藍色，出現一個微笑的迷你電腦圖案，螢幕左下角彈出各種小圖示。馬莉扭著放在大腿的手，顯得很忸怩。藝術家操作著鍵盤，用滑鼠輕輕地畫圈子，然後從電腦後面拉出一顆灰色拳頭大小的球，中間有個烏黑晶亮的眼睛。他把球放在桌子正中間，烏黑晶亮的眼睛對著馬莉的臉。馬莉瞪著那顆球，藝術家繼續輕輕滑動滑鼠，螢幕突然一片空白。畫面左上方出現白色及深灰色的小方格，由小點組成的網格，無聲且迅速地湧現在整個螢幕上。馬莉的頭頂，馬莉的額頭，馬莉的眉毛，她的眼睛，她的鼻子、嘴巴、下巴、脖子、胸部上方，一張黑白詭異的馬莉的臉。

這太醜陋了，馬莉說。螢幕上那張馬莉的臉延遲幾秒跟著無聲地說：這太醜陋了，嘴巴跟眼睛一張一合，跟隻魚一樣，恐怖，驚人。這還只是雛型而已，藝術家說，在鍵盤上敲打著，馬莉的臉輪廓變得清晰銳利，背景則出現房間右側的書牆，窗戶，及窗外的天空，螢幕上的天空是灰色的，現實生活中也是灰色。我們幾乎可以用它來拍攝所有東西，藝術家說，對著馬莉有些不確定但友善地微笑，馬莉也有點不確定地回他一個微笑。兩人沉默下來，馬莉迎著藝術家的目光，他現在不再微笑了，在他眉毛之間長出第三個漂亮的黑眼睛。馬莉眨眨眼睛，那隻眼睛又不見了。電腦發出噪音，馬莉不敢看螢幕，她害怕那張恐怖黑白的馬莉的臉。軟木地板吱吱作響，因為藝術家朝她靠近。馬莉緊緊靠在椅背上，兩眼死瞪著藝術家的眼睛，彷彿這樣就能把恐懼瞪回去。藝術家舉起右手放在馬莉的臉頰，他的手冰冷柔軟。馬莉閉了下眼睛，他的臉就來到了眼前，馬莉屏住呼吸，他吻上她的嘴。馬莉非常清醒，他應該也是。電腦螢幕出現一個吻，延遲了幾秒且無聲，灰暗地重現了這一剎那。馬莉終於還是看了，那張臉，越過藝術家緊閉的雙眼看向螢幕，他的臉貼在她的臉上，擠開她的臉，她張著眼睛，全都是黑白圖案。

馬莉的頭暈了起來，藝術家喘著氣，逼近馬莉，他的手從脖子順著背部直下，伸進她的衣服裡面。馬莉很專心，但不像以往總是以俯望的視角觀看，這回她看的是螢幕，看螢幕上兩個人以一種無聲且莫名的方式結成一團，非常奇特。房間很熱。書桌上的牆壁釘著一疊疊的小紙片，藝術家在南邊某個地方，手上抱著一個臉頰胖嘟嘟的金髮小孩。真可惜，馬莉心想，所謂的第一眼，永遠只會發生一次。

藝術家把馬莉從椅子拉到地板，不知何時馬莉身上只剩下高跟長靴，後來也沒了。在電腦螢幕上只見書牆，一張空椅子的椅背，窗戶，及窗外更加昏暗的天空。

奧得河此岸

他們來的時候，科貝林正站在小丘上。庭院正中央這個小丘是廢土堆成的，科貝林兩年前親手堆出來的，當時康絲坦茲笑著稱它「將軍丘」，他則說是「拿破崙丘」，這名字沿用至今。從小丘上他可瀏覽整片草皮，還有門廊陰影下通往廚房的入口以及隆起的草坡，過了坡地就是奧得河了。

科貝林站在拿破崙丘上抽著菸，手舉在眼睛上遮著光，看著遠方地平線。奧得河就在後面某處，藏在河床裡。康絲坦茲也在後面某處，在這個炎熱的午後進行她的每日例行散步。孩子在廚房睡著了，被這夏天熱的。科貝林趕走胡蜂，想著秋天。汽車引擎的聲音猶如幻聽般沿著沙石路爬上來，科貝林轉頭傾聽，半閉著眼，不，從來沒見到哪部車子從沙石路開上來，除了他自己的。不是幻聽。柴油引擎的聲音，輾壓碎石的嘎吱聲，科貝林驚駭不已，心跳加快，右眼眼角出現一輛老舊的賓士汽車，科貝林一動也不動，多希望自己能隱身，心想：開走吧！可是賓士停在庭院小門前，塵土飛揚，副駕駛座的門打開，安娜走了出來。科貝林一眼就認出她來。她看起來仍像從前，像那個時候，只是大一點，高一點，一個長大了的孩子。「科貝林！」她大喊他的名字，蹬著一雙細跟高跟鞋繞過車子，停在庭院門口。她穿著一襲紅色洋裝，皮膚曬得很黑。駕駛座車窗搖下來，一位一頭亂髮的年輕男子探出頭來，打著呵欠。科貝林感到胃一陣抽搐，惡毒地低聲說：「呼麻仔。」

「喂！」安娜喊著：「我們從波蘭過來，沒錢了，想說可以住你這裡，待個幾天。科貝林！你認得我嗎？」

科貝林用腳踩熄香菸，走下小土丘。「我認得妳，聽得到妳說的話，沒有必要這樣大喊大叫。」

安娜的手握住門把，呼麻仔慢吞吞地下車，現在科貝林可以看到他穿著一件髒到無法想像的牛仔褲。馬可斯清脆睏倦的童音從廚房傳出來，科貝林知道窗戶旁躺椅上的光，也知道蒼蠅正繞著燈光打轉，他突然覺得自己無力且虛弱。康絲坦茲在哪裡，他心想，康絲坦茲可以幫我處理現在這種情況，我不想接待客人，更不想接待呼麻仔。

他擦掉上唇的汗，走上通往庭院小門的碎石小徑，碎石發出的聲音意外大聲。安娜，科貝林心想，安娜，妳和妳那個小丑老爹，搞笑作怪，笨手笨腳的丑角。當妳還小的時候，我曾打過妳一巴掌，因為我在妳家門前草坪打坐時，妳跳到我的背上。當妳還小的時候，我根本不在乎妳。我跟妳那小丑老爹坐在廚房聊天喝酒，直到我們倒在桌子底下。我頂多只覺得妳很煩，特別是妳那張沾滿巧克力的嘴巴，而我現在也覺得妳很煩。

科貝林推開門栓，打開庭院小門，笑得跟個傻瓜一樣，汗流浹背。「天啊，科貝林，」安娜說，一邊竊笑一邊故作感慨狀，「天啊，科貝林。上回見面應該已是好多年前的事了，好多年了吧！」

「沒錯，」科貝林說，「是很多年了。」

呼麻仔吊兒郎當地走近科貝林，對他伸出骯髒的手，科貝林並未握住，他站在門邊，像個門神似的，彷彿這樣一來對方就會知難而退，彷彿他沉默緊繃的身體堡壘就能表明對方應該離開。這裡並不歡迎訪客，舊日情誼也不管用。但他們不明白，繼續站在那裡瞪大眼睛。科貝林轉身，踏過碎石小徑走回門廊，對著藍色的天空說：「你們想待就待下來吧，屋頂下有間客房。」

接近晚上時，康絲坦茲終於散完步回家，不比往常晚，但對科貝林來說卻從未如此晚過。他跟安娜及那個呼麻仔（他不想知道他的名字）坐在門廊，菸一支又一支地吸。馬可斯坐在呼麻仔前的地板上，聽他講著荒誕不經的故事，外星人、德魯伊、新幾內亞、世界末日。馬可斯嘴巴大張，口水從下巴流下，左手放在呼麻仔的鞋子上，不時無意識地輕扯他的鞋帶。科貝林看不起馬可斯對呼麻仔毫無成見的信任，笨蛋，科貝林心想，馬可斯，這就是會被我稱為笨蛋的傢伙。

安娜盤著腿坐在藤椅上，瞪著科貝林，沉浸在童年回憶中。「一定曾有什麼事跟你有關，科貝林，一件好笑的事，只是我想不起來。我只記得，你總是跟我爸坐在廚房吃東西吃到半夜。喂，科貝林，你還記得嗎？」

科貝林一點都不想幫她記起往事。他可以跟她說那一記耳光的事，可以跟她說她的膚色曾經是金褐色，孩提時，在鄉下的那些夏天。他可以討好她，跟她說她小時候那些近似腦筋急轉彎的童言童語，每一句都被她的小丑老爹記錄在一本橘色記事本裡。他可以跟她說，她以前很瘦但靈活有力，每天早上都跑過跨在河上的橋，消失在另一端的森林裡，直到晚上，才帶著小腿上的刮傷及蜱蟲回家。他可以說：「妳那小丑老爹常放妳一個人，讓妳做妳想做的事，妳也就成天不見人影。對我們每個人來說，妳根本就不存在，而這也可能是妳今日最嚴重的童年創傷。」

不過他沒興趣，他一點都不在乎她。他也不再在乎她的小丑老爹了。他只想坐在這裡，閉著嘴巴，不受打擾。科貝林又點了一支菸，發現自己整段時間都咬著牙根。康絲坦茲從碎石小徑走上來，輕盈灑脫到令人髮指。太晚了，科貝林心想，太晚了，我親愛的，現在他們到了，也不可能很快就離開。

康絲坦茲馬上認出安娜，露出一個像是打從心底發出來的燦爛笑容，她輕拍了下手，兩手遮住臉，大笑，雙手杈著腰。科貝林反感極了，可以在腦袋中複述她接下來要講的話：「安娜！瘦瘦小小的安娜，現在至少多了十五歲吧。我實在不敢相信，妳竟然坐在這裡！」安娜笑容滿面，有點難為情，介紹呼麻仔，看著科貝林，忸怩不安。

科貝林猛地一把拉開椅子，逃進廚房。瘦瘦小小的安娜，根本是鬼扯。他從冰箱拿出橄欖、起司及義大利臘腸。開始切麵包，拉起葡萄酒的軟木塞，就像那時，就像往常一樣。現在該吃晚餐了，科貝林心想，現在總得做點什麼事，就算是該死的晚餐也好。

時序近秋，天也暗得早些。庭院後方的李子樹下已是灰濛濛的；奧得河現在應該是粉紅及淺藍色。科貝林想，他花了四十七年的時間才明白，在夜幕降臨前，田野、湖泊和河流會再次顯得明亮無比；他需要這棟房子才明白這一點，或許還需要馬可斯，或許也還需要康絲坦茲。如果一切如常，孩子早該睡著了，兩頰通紅，帶著鼻音的呼吸聲。而他會跟康絲坦茲坐在門廊前，看書，或是沉默。到了某個時候他就會坐在電腦前面，幫手上的劇本寫兩三句對白，這也是他賺錢維生的方式。兩三句簡短、陌生的句子，一如每個晚上。書桌上的檯燈會透出綠色的光線，因為綠色使人平靜。飛蛾會在紗窗前打轉晃撞，而他會想，這樣的生活，既美好卻同時糟透了。

但現在呼麻仔站在拿破崙丘上，正在捲大麻菸。大麻捲菸。他那可笑的Zippo打火機亮了一下，科貝林可以聞到大麻甜甜的味道。他想到蘿絲・馬登史坦。蘿絲・馬登史坦，這位曾在某次狂歡節上扮成夜之后的女孩，在吃了一塊大麻餅乾後不醒人事倒在廚房地板上，像個穿著黑色絲緞的洋娃娃。他自己當然也抽大麻，例如跟安娜的小丑老爹。他們坐在庭院，大麻一根接一根抽，安娜的小丑老爹不斷叫著：「史瓦濟蘭麻！」以及：「去史瓦濟蘭！」[5]直到科貝林笑到從椅子跌下去。安娜在房間裡罩著蚊帳睡著，一邊說夢話，當時科貝林並不知道十二年後他會有個自己的大頭孩子叫馬可斯出生。怎麼可能。怎麼可能會知道。他連安娜的存在都不想知道。

拿破崙丘上的呼麻仔轉過身，夾著大麻捲菸向科貝林揮手示意。科貝林以跨張的手勢拒絕，呼麻仔聳聳肩漫步走下小丘，大麻的那點星火消失在李子樹間，而科貝林猶疑不決地推著廚房門。康絲坦茲和安娜還坐在門廊，馬可斯在康絲坦茲的大腿上，大拇指塞在嘴巴裡。這孩子在過去四小時內都沒跟科貝林說一句話。他一直交換黏著安娜跟呼麻仔，表現得一副除了他媽跟科貝林之外從未見過其他人。科貝林覺得這樣不對。馬可斯應該躲在他身後，問他這些訪客是好人還是壞人。

安娜正說到波蘭，馬可斯盯著她，不時深吸口氣再吐出。「你們住這麼近竟然還沒去過，我實在無法理解。那裡很多鸛鳥，就像柏林很多鴿子一樣。波蘭人犁地，曳引機後面會跟著六、七十隻鸛鳥，競相在畦溝間找蟲子吃。還有波蘭人超愛吃冰，妳一定不會相信，冰，冰，到處都是冰店，他們永遠都在吃冰。」

馬可斯將拇指從嘴巴拔出來，清楚地說：「冰。」科貝林感到一股柔情從

---

5 史瓦濟蘭自從獨立建國後，在一九七〇年代成了後殖民時代的一個笑話代表。這也是主述者曾活躍於六八學運的線索之一。

背部湧上，多麼雜亂無章的談話，但這孩子過濾出唯一一個聽懂的字：冰。

安娜說著，邊揮舞著雙手，不斷將頭髮撥到耳朵後面。「康絲坦茲，你們在這裡過得如何。」

康絲坦茲的聲音暗沉，有些沙啞。不錯，就是寂寞了些。科貝林不想有太多訪客，在城裡生活這麼多年後一個可以避世隱居的地方，夏日桃花源，秋天就又得回到柏林。日子很長，很熱，科貝林常坐在書桌前——騙人——她自己常去奧得河沼澤區散步，那裡景色非常優美。對馬可斯也好，孩子就該在鄉間生活。馬可斯很快樂，她自己也是。科貝林呢？他這個人很難快樂起來，不過就算如此。康絲坦茲那雙指揮萬物的手，康絲坦茲分派一切，四、五句話就能斷定一生，重點一劃，什麼問題都沒了。就這麼簡單。科貝林站在廚房門邊的陰影下，閉上眼睛又睜開。安娜沉默下來。此刻天已全黑，一片黑漆中突然響起一陣憤怒的蛙鳴。只維持了半晌。安娜點了一根菸，說：「是的。」又開始講她的波蘭故事，吃冰的故事，聲音有些奇怪。黑暗中科貝林可以想像康絲坦茲的微笑，他很訝異她竟能如此平靜地坐在那裡聽安娜講故事，光是她對客人展現出來的那份關注，對他們來訪的喜悅，就令他詫異不已。任意，科貝林心想。一定是任意，無論是誰來坐在這裡，她都會像這樣聆聽著對方說話，熱切且歡快，終於能擺脫我，至少是一段時間。一定是因為整個夏天就只有我們兩人在這裡，這是說好的，我們想單獨在這裡，我想一個人靜靜。

科貝林走回廚房，關掉燈，坐在窗邊馬可斯的躺椅上。庭院的輪廓愈來愈鮮明，安娜的紅色洋裝變暗，像是黑色似的。科貝林看著她，毫無感覺。她很年輕，有她父親那張小丑臉，什麼都是圓的，圓眼睛，圓嘴巴；牙齒間有個縫隙，十年後會讓她看起來像個社會邊緣人；褐色頭髮，非常褐色的皮膚。

她會上大學，科貝林心想，大眾傳播跟某個外語。那個呼麻仔會站在某個時髦酒吧的吧台後，否則就是什麼鬼地方。夏天他們會邀請朋友，開著舊舊的老爺車去布蘭登堡群湖區，喝酒喝到掛，並且認為他們的遭遇別人不可能會有。胡說，全都是胡說八道。他揉揉眼睛，覺得好疲倦。老是問人「你怎麼想？」跟「你在做什麼？」的時間已經過去了，科貝林根本想不起自己曾問過這些問題。想到那些不堪，幾乎是痛苦的回憶，像是整夜窩在酒吧，分享彼此的理想，大談幻想破滅，汲汲營造的共同感。假的，全部，科貝林心想。安娜那個小丑老爹，總是等我講完之後才開始講他的烏托邦，他那異想天開的現實世界。而我也是一樣。我總是反駁他，只想講到讓他無言以對，但實際上我們實在都應該閉嘴。

馬可斯從康絲坦茲腿上滑了下來，爬上門廊，停在廚房門邊。「為什麼你坐在黑暗中？」他的聲音聽起來有些嘶啞。

「黑暗中才好講悄悄話呀，」科貝林說，「走，上床時間到了，該是睡覺龍跟其他故事的時間了。」他站起來，抱起馬可斯，這孩子身上有夏天及鄉間街道的泥土味。「答應我，」科貝林想說，「答應我，你……」但他沒說下去。

「你們要上床了嗎？」康絲坦茲從門廊問他們，她站起來時，籐椅嘎嘎作響。

「對，」科貝林回答，急急走上樓梯，「我們要上床了。」馬可斯已在他手臂上睡著，安娜喊著：「晚安，科貝林！」

隔天早上他醒來時，她站在床尾像鳥一樣歪著頭對著他微笑。刺眼的陽光透過窗戶照進來，一隻蒼蠅撞上緊閉的窗戶。科貝林瞇起眼睛，手在被子下摸索找著康絲坦茲，但她沒躺在他身邊。這不是夢，他想，鬆了口氣。我沒作夢，沒夢到那個小丑老爹，也沒夢到從前，沒夢到呼麻，也沒夢到做愛。

安娜搖著床架，晃到連髮絲都飛舞了起來。「科貝林！貪睡蟲！已經中午了，其他人都進城了，早餐做好了。你該起床了，帶我去看奧得河沼澤區！」

「誰說的，」科貝林問，突然暴怒起來，睡意還在眼睛，嘴巴全是怪味。安娜就這樣闖進來，以一種孩童的姿態闖進臥房的私密氣氛裡，很可能之前已經偷偷摸摸地走遍這個房子，帶著天真的好奇心翻看過每個箱子跟盒子。科貝林直起身，將被子拉到胸前，「出去，」他說，「馬上出去。我要一個人起床，一個人靜靜。」

安娜鬆開床架，並未停止微笑，朝著房門走去。「我會待在庭院，如果你想知道的話。」科貝林不想知道，也沒回話。他等著，直到她的腳步聲到了下面廚房，他才閉起眼睛。繼續躺著。單純這樣躺著，全身疲憊無力，神智仍在半睡半醒之間。經過八小時的睡眠，清晨醒來的他從來沒有神清氣爽精神飽滿的感覺，從來只有疲憊。從前，在他柏林只有一個房間的小套房裡，柏林與冬天，夜裡，他總是對接下來等著他的日、月與年，懷抱著無比的恐懼與厭惡入睡。那時的時間啊時間，總是得想辦法填滿，想辦法克服，想辦法消磨殆盡。然後康絲坦茲出現了，共同的二房小公寓，柏林與冬天。記憶中永遠是冬天，躲在被窩下暖烘烘的，決定選擇康絲坦茲，是帶著拱手投降的心情。從此，科貝林就躲在康絲坦茲身後，是自保也是向命運低頭。他們一同入睡，異口同聲地說：「慢飛。」時間倒流，恐懼與厭惡藏在腦袋最深處的角落。最後是盧諾，這棟房子，孩子的呼吸，至此時間已全然消融。但在某些夜裡，當汽車呼嘯而過，將百葉窗轉著圈圈的影子投射在天花板上，恐懼與厭惡又會回來，比任何時候都還劇烈。或許因此才會疲憊無力，因為睡眠必須擊敗恐懼與厭惡，一直都是如此。

停，科貝林心想，停，結束。不過就兩個從柏林闖過來的小鬼，怎麼可能把我搞得這樣心神不寧。有什麼好心神不寧的。他起床，打開窗戶，蒼蠅直直飛向窗外消失在大自然間。天空很高很藍，剛結好的蜘蛛網在窗框上顫抖著。

廚房桌上有煮好的咖啡，有顆蛋套在毛線保溫罩裡。康絲坦茲留了張紙條給他：親愛的科貝林，我跟馬可斯及湯姆去買東西，下午會回來，帶安娜去看看奧得河沼澤區吧，抱你。

帶安娜去看看奧得河沼澤區吧。這太過分了。科貝林看著紙條上康絲坦茲偌大飛舞的字跡下，馬可斯畫的像小蜜蜂般的塗鴉，手撫著胃部。他舉棋不定地將蛋放在木頭桌上滾了滾，倒了杯咖啡，走到門廊坐了下來。安娜坐在果園裡，光著腳，採摘覆盆子。正午驕陽既悶熱又潮濕，科貝林已經開始盼望夜晚的到來。咖啡半冷不熱，喝起來有苦味，且在舌頭留下澀澀的口感。科貝林把剩下的咖啡倒進門廊外的花壇，輕聲地說：「敬珍妮絲。」

安娜抬起頭，拿著碗走向門廊，「你說什麼？」

科貝林並未抬頭，看著空空的咖啡杯，說：「敬珍妮絲。從前你父親把剩下的葡萄酒倒在庭院時總會這樣說，敬珍妮絲，珍妮絲．賈普林。」

「對。」安娜簡短地說。

科貝林不敢抬頭看她，突然間他覺得自己非常丟臉，他瞪著安娜的腳，那小小的、髒兮兮的大拇趾。

她將左腳藏到右腳後，說：「我想說留下來比較好，不然等你醒來，我們大家都走了。」

科貝林現在抬起頭來看她，顯得心不在焉。安娜歪著頭對他不安地笑了笑：「把你叫醒不好嗎？」

這叫人該說什麼呢，說什麼都不對。安娜顯然也不期待有什麼答案，在他身旁坐下，點了一支菸，深深地吸了一口。「湯姆覺得這裡很美，我也覺得。這裡這麼平靜，又是早秋的豔陽天。」

科貝林嘟噥了一聲，可以說是贊成也可以當成反對。安娜側著頭看著他，科貝林開始不安，手裡轉著空空的咖啡杯，他可以感到安娜漸漸緊繃起來。

「你要不要帶我去看奧得河沼澤區？我是說，你有興趣跟我一起去散步，還是想呆坐在這裡？」最後一句她大聲起來，甚至有些嚴厲。

哭吧，科貝林心想，哭吧，因為妳不知道該怎麼對我，而我會讓妳想起當時打妳一巴掌的事。他也點了一根菸，站起來說：「可以啊。如果妳想的話，我們可以去散點步。」

科貝林關上身後的庭院小門時，他有踏入未知地帶的感覺。房子、庭院、門廊，特別是拿破崙丘，已經不能再給他任何庇護。他背對著牆。安娜站在街道上，一步一步向前跨，看起來幾乎與從前一樣，像她還是孩子時，一步步跨過河上的橋消失在森林裡。

科貝林邁出堅定的步伐，安娜急急地與他並肩而行，在她的腳下揚起一陣灰塵。街道愈來愈窄，小丘腳下有條小路蜿蜒而上，進入一片綠蔭，穿過重重果樹之間。科貝林手插在口袋，眼睛瞪著前方，他感到後背僵硬，又開始咬緊牙關。撇開安娜。撇開安娜不說，他也從未喜歡到奧得河沼澤區散步過。自從盧諾成了她的地盤，康絲坦茲每天下午都會帶著陶醉的神情出發散步，再帶著更陶醉的神情回家。「山丘，科貝林，有時我會想，就是那些山丘，我覺得讓人平靜。」

科貝林覺得那些山丘令人不安。他認為這一切都太漂亮，漂亮到不似真的，像塔可夫斯基的電影布景，簡直教人膽跳心驚。去年夏天他獨自一人走到奧得河沼澤區，山丘後的一棵樹上——此時他已經可以看到奧得河——吊著一塊肉。一大塊肉，幾乎像人一樣大，牛肉或豬肉，皮已剝掉，血淋淋的，肉已開始腐爛了，圍了一堆蒼蠅。科貝林正因爬坡氣喘吁吁，剛準備欣賞奧得河的美景就被嚇得全身僵硬，心臟漏跳了半拍。那塊肉掛在最高的樹枝上，綁住它的繩子扭轉著發出劈啪聲。看起來猶如幻象，像惡夢場景，像個可怖不可解的啟示。科貝林轉過身，大叫著跑下山丘。後來康絲坦茲——坐在門廊的藤椅上，身上散發著紫菫的香味——笑著說：「你瘋了，科貝林，你一定是在作夢。」

隔天他們一起走去奧得河沼澤區時，那塊肉已經不見了。看不到了。沒有繩子，沒有蒼蠅，沒有什麼啟示。從此，他們再也不提這回事。

安娜踢著小石子，笑容重新回到臉上，從牙縫中吹著口哨。「你不想說話，是吧？」

「不想，」科貝林說，「我不想說話。」心裡補了一句，有什麼好說的，他嚴厲的眼光穿透重重果樹。沒有幻象，沒有什麼他能見到而安娜看不到的東西。

「沒關係，」安娜說，「我也不想說話，常有的事。」科貝林用一種嘲諷式的驚訝眼光看著她，但她並未理會。

路邊仍聳立著尚未收割的最後一批農作物，樹木有黃色的光暈，天上飛著一群排成人字的候鳥。遠處的奧得河閃閃發光，一條藍色絲帶被綠色的河中之島分割開來。輕風拂過草地，安娜喘著氣，將頭髮在頸後盤成髮髻。

科貝林想起一首詩的第一句，奧得河彼岸，平野遼闊之處，差不多類似的句子，這是他朗讀給安娜那小丑老爹聽的無數首詩中的一首，當時，在夜裡荒誕不經的閒晃，在沼澤地裡。「聽聽這個還有那個，」拙劣的朗誦總是衝口而出。科貝林走在安娜身後，有股無能描述的感覺，無能表白為何這樣一句話——奧得河彼岸，平野遼闊之處——聽起來令人心神激盪，令他無言以對。

「我懂。」安娜那個小丑老爹這麼說，不厭其煩地：「我懂。」但他怎麼可能懂，連科貝林自己都搞不清楚。他想抓住安娜的髮髻，搖晃並毆打她，為了這些年來的欺騙自己，為了這些年本身。他想再打她一巴掌，重複一次他曾做過的事。奧得河耀眼地令人睜不開眼睛，遼闊的平野匯聚成一片綠色海洋。科貝林喊出她的名字，聲音卻像是從遙遠地方傳來。安娜轉過身，她的紅色洋裝揚起一陣波浪，科貝林閉上眼睛，覺得自己快要暈過去。

「科貝林？你還好嗎？」

「還好，」科貝林說，「沒事，我只是想回去了，現在。」

快到盧諾了，街道已出現在眼前，轉過彎後就可以看到房子了，安娜碰了碰他的手臂。科貝林深吸一口氣。奧得河在他身後，在山丘後面，不安已遠離，幾乎遺忘了。這是最後一次了，讓她對自己這般為所欲為。科貝林加快腳步，他想快快走，用跑的，或許還要唱歌，一股從未經驗過的舒暢輕鬆油然而生。

安娜停下腳步，說：「科貝林，我想知道，你還有我父親到底是怎麼回事。我的意思是，我想知道，為何你們不再相見，為何斷了聯繫。」

科貝林也停下腳步，看著她，她微笑著，帶著受傷的神情。「沒有理由，也沒發生什麼事。」科貝林訝異自己竟然回答她，「我們在一起快樂地過了幾年，慢慢地愈來愈少見面，直到有一天不再相見。或許是他交了個我不喜歡的女友，而妳也漸漸長大，他花在照顧妳的時間愈來愈多。或許是對某些事情意見不同，而我們並未解釋開來，彼此差別愈來愈大。就這樣漸行漸遠，我想。這就是了，沒什麼戲劇化的場面，也沒什麼關鍵性的事件。」

安娜轉過身，沿著草地小徑朝著街道走下去。她走得很快，科貝林跟在她身後想喊道：「生活並沒那麼戲劇化，安娜！」他不知道她是否還能聽見。她跑了起來。

晚上科貝林跟康絲坦茲坐在門廊，安娜跟呼麻仔又去奧得河沼澤區，他們一起吃晚飯，科貝林喝了三杯葡萄酒。他感到酒精在膝蓋及胃裡作怪，李子樹上聚集了一團蚊子，康絲坦茲朝著空氣吐出煙圈。

「我希望馬可斯永遠不會這樣。我不只希望，我不要他這樣。」科貝林說著，眼睛並未看著康絲坦茲，而是看向李子樹，看進庭院深處。

「什麼，」康絲坦茲睡眼惺忪地問，「什麼，永遠不會什麼？」

「就像安娜在這裡。」科貝林說，聽到自己的聲音流露著叛逆的情緒，這是他無法控制的。「她在這裡。她毫無預警地闖來，還找了個藉口。我可不要馬可斯哪天挽著個笨女人出現在安娜父親前面，說：嘿，小丑老爹！」科貝林尖著嗓子模仿安娜說話的樣子：「嘿，小丑老爹，我們可以待在你這裡幾天嗎？幾天而已，沒什麼事，就是閒晃，然後你要告訴我，你為什麼不再跟我父親做朋友了。」

康絲坦茲大笑，從嘴中吐出個大大的煙圈，煙圈飄向兩旁消散。「別鬧了，科貝林。馬可斯根本不認識安娜的父親，你也應該不會跟他說他的事。而且等馬可斯長大，安娜的父親可能根本不在了。」

隔天早上康絲坦茲跟馬可斯在廚房開著收音機唱歌，歌聲夾在電台主持人的聲音之中，科貝林被他們吵醒。陽光透過窗戶照進來，房間裡沒有安娜，一夜無夢。

就像書本裡描述的夏日，科貝林心想。乒乒乓乓走下樓梯拉開廚房門，馬可斯坐在桌邊，吃蛋吃得滿嘴都是，看起來快樂極了。康絲坦茲站在爐子邊，臉背對著陽光只剩黑色的陰影，她並未抬頭，繼續跟著收音機唱歌，說：「早安，科貝林。」

「好，」科貝林說，一邊看向庭院、門廊及拿破崙丘，急急地問：「他們在哪裡？」

水壺開始嗶嗶叫，康絲坦茲關火，說：「他們一早就走了，安娜還想趁不那麼熱時去看某個湖。」

科貝林走到收音機旁邊關掉，廚房突然安靜下來。「什麼？我不懂，他們怎麼就走了呢？」

康絲坦茲將熱水倒進咖啡濾紙，擺出一張不耐煩的臉。「他們不想再吵醒你，科貝林。不想消耗你的好客之情，你知道的。他們留下柏林的地址，說如果我們去找他們，秋天的時候，他們會很高興。」

科貝林瞪著馬可斯，馬可斯也瞪著科貝林，慢慢地將手裡的湯匙放在桌上。科貝林感到胃一陣抽搐，彷彿受到極大的羞辱。他打開門廊的門，左手穿破一張掛在門框下的蜘蛛網。早秋的豔陽天。他說：「等秋天我們回到柏林時，他們應該已經不在一起了。」這是他唯一能想到的反擊，蒼白無力，康絲坦茲沒有回話。

作者感謝

柏林文學研討會散文作家工作坊（Autorenwerkstatt Prosa des Literarischen Colloquiums Berlin），文化基金基金會（Stiftung Kulturfond），藝術學院（Akademie der Künste），韋沃爾斯弗萊特（Wewelsfleth）的阿爾弗雷德德布林之家（Alfred-Döblin-Haus），特別感謝卡嘉・郎爾—穆勒（Katja Lange-Müller）、布克哈德・史賓納（Burkhard Spinnen），以及莫妮卡・馬容（Monika Maron）對本書出版的支持。

我們該對彼此訴說一切：讀尤荻特・赫爾曼《夏之屋，再說吧》

黃崇凱

第一本小說集出版二十五年後，尤荻特・赫爾曼被問起是否還記得當年那個即將成為作家的尤荻特？她含蓄回答，恐怕不記得那時有即將成為作家的感覺。她只知道當時對於出書，懷有自信也焦慮滿點。因為在寫第一本書之時，她只是尤荻特，還不是作家。

那麼，二十五年下來，身為寫作者的最大改變是什麼？

尤荻特說：努力。

儘管努力並不反映在產量。截至目前為止，她出版兩本長篇小說、四本短篇小說集和一本談寫作的散文集。她認為寫作並不隨年歲漸長變得輕鬆，反而益形艱難。

二〇二三年，她出版《我們該對彼此訴說一切》，談寫作、談自己的成長歷程，也寫及精神分析治療經驗。全書開頭從某個深夜在一家雜貨店巧遇自己的心理師寫起。她說，有段時期，每週三次走進一個房間，背對心理師躺在沙發，說起近來的所思所感。她只有諮商開始和結束時會見到心理師的臉，其他時候，只知道心理師坐在她背後的扶手椅。

近似作者與讀者的關係：作者關起房門對著虛空說話，而背後有讀者在聽。作者無法確定那些話語是否被順利接收或消化，但唯有開始訴說，才能讓一切發生。

《夏之屋，再說吧》就從訴說的欲望出發。開篇的〈紅珊瑚〉中，敘事者「我」對毫無回應的男友說話，且從遙遠的二十世紀初、從曾祖母離開俄羅斯之時說起。她能講述祖先的故事，卻不知道自己的故事在哪裡。於是她違背男友警告，偷偷去找他的心理師，假借訴說來挖出男友的故事。實際坐下後，她不知該說什麼，沉默延長，她不經意扯斷手上的紅珊瑚手鍊，六百七十五顆小珊瑚迸開散落一地。她跪地撿拾細碎珊瑚像在採集故事碎片，試圖從中拼湊出自己的故事。

又如書中另一則外祖母故事〈一件事的結束〉。整篇都是敘事者在對朋友描述自家的古怪外婆，但敘事者似乎消失在故事裡。這形成弔詭：有訴說衝動，卻沒自己的故事可說。事實顯然不是如此。整本小說集有各種故事，只是這些故事類似拼貼，往往開始得毫無頭緒，時常結束得猝不及防，回想起來又盡是零碎片段。

〈夏之屋，再說吧〉起始於一通電話，來電者是個幾乎被遺忘的朋友。讀者跟敘事者「我」一樣不明所以，逐漸被拉進一個關於大房子的故事。「我」像是黏合劑，把散落片段連結起來，裡頭有嗑藥、爛醉和紛亂情感，還有柏林圍牆倒塌後不到十年的混沌氛圍。彷彿在說，那些值得說的故事都發生在從前、都是別人的，他們只有一些不成形的雜碎，一些從未實現的臆想，沒什麼好說的。

沒人料想到，這樣的小說集在一九九八年一登場就備受盛讚，瘋狂暢銷，作者也隨即被列入二十世紀末德語文學界稱為「神奇女聲」（Fräuleinwunder，直譯為奇蹟小姐）浪潮的代表作家。包括尤荻特在內，其中幾位也曾被譯介到台灣，比如茱莉亞・法藍克（Julia Franck）、尤麗・策（Juli Zeh）以及夏洛特・羅奇（Charlotte Roche）。「神奇女聲」為什麼神奇？從後見之明看來，似乎只是正好有一票年輕女作者在一九九〇年代最後幾年出版第一本小說，同時受到評論和銷量關注，而被媒體安上的方便標籤。實際上，這些同為女性、年紀相仿的作家，書寫取向難以一概而論，彼此風格差異也不小。

出了德語圈，「神奇女聲」這個帶有性別貶意的標籤迅速脫落，其他地方的讀者僅能從在地閱讀市場和脈絡來接受。當時被放進這個大標籤的女性作者，歷經時間淘洗，分別以作品建立一席之地，例如甫拿下布克國際獎的燕妮・埃彭貝克（Jenny Erpenbeck）。她的小說時常與歷史記憶緊密結合，從中開展關於人生軌跡的種種面向，聚焦個體在結構中或游離或浮沉的嘗試。

與之相對，尤荻特筆下的角色彷彿籠罩在霧中，朦朧迷離，無法穿透。她的小說愈到晚近愈沒有特定時空背景，主要角色似在訴說，卻同時隱蔽許多關鍵訊息。

近作《在家》的時間軸，從敘事者「我」的三十年前還是個菸廠女工說起。然而三十年前的奇遇說完，直轉三十年後的現在，中間三十年時光竟只填滿一個段落。「我」的丈夫和女兒不在身邊，搬遷到某個海邊小鎮過著寡居生活，日子清簡，在不親的哥哥開的酒吧打工，其餘時間幾乎只有自己。她認識了鄰人及其農夫弟弟，與他們保持帶有距離的往來，而租來的獨棟房屋二樓時常傳來細微的聲響。

整本《在家》看似沒寫什麼，只是一個中年女子嘗試在另個地方重啟生活。然而在距離中，她多出餘裕思考，順帶回憶起一件久未想起的往事：她曾有機會擔任魔術師的助手，表演鋸開少女的魔術，搭郵輪前往新加坡。

可是她沒有。

這使我想起〈夏之屋，再說吧〉那個英俊又莫名的計程車司機史坦。消失兩年的史坦突然現身，興沖沖開車載著「我」到一處偏遠鄉間的古宅，因為他終於買到理想中的大房子。「我」跟著到了頹圮古宅現場，不明白史坦為何如此執著。史坦把菸往雪地一丟，自顧自說：

「有什麼好跟妳說的。這就是一種可能，許多種可能中的一個。妳可以接受，也可以置之不理；我可以接受，或是就此打住到別的地方去。我們可以一起接受，或者假裝我們從來都不認識。但這都不重要，我只是想讓妳看看這個地方，如此而已。」

我說：「你付了八萬馬克，只是想給我看一種可能，許多可能中的一個？我沒聽錯吧？史坦？這是為什麼？」

史坦沒有回應，只是謝謝她陪著一起看房子。小說結尾是地方新聞報導大房子被燒得精光，意味著幾種可能的消逝：也許史坦和「我」會走到一起，也許大房子會變成一票年輕藝術家嗑藥、狂歡的基地，也許對史坦念念不忘的某個女孩會發展另一段故事。但史坦在此燒掉所有可能。

從《在家》回溯第一本《夏之屋，再說吧》，小說家對「可能性」的長年探勘或許值得留意。

〈紅珊瑚〉源自一個猜想：「我」的曾祖母如果沒在一九〇五年離開俄羅斯，那會怎樣？不斷追問的結果將會懷疑起自身的存在。

〈颶風（也算告別）〉寫幾個在加勒比海島嶼鬼混的年輕男女，時常玩著「想像這樣的生活」，像是只要待在那裡空想，就能避免去過真正的生活，而生活的可能性卻在一次次猜想中耗盡。又如〈宋雅〉的驕傲藝術家不由自主被怪女孩宋雅吸引，重複著靠近之後又逃開的戲碼，何嘗不是想保留他想像中的別種人生可能？又或者〈峇里女人〉敘事者「我」跟朋友瞎混一晚，後來隨爛醉友人跑到曖昧對象家裡，怪異的是，他們兩女一男就在那對象家裡，聽對象的妻子「峇里女人」說起一個個金髮妞的笑話。「我」從頭到尾心思飄忽，在腦中對著不在現場的「你」說話，描述眼前所見的細節。倏然有段告白跳出：

我們並未對彼此有過任何承諾，我也是這麼希望，但是，抱歉，我還是嫉妒你未來沒有我的每一個冬天。我相信，從現在起一切都會像此刻在這個廚房，在馬庫斯．韋納身旁和克莉思汀安娜及沓里女人一起坐在這個餐桌邊一樣。時間已近清晨，我很累，我知道，一切從不曾有過其他可能，我只是錯以為有過。

然後是〈杭特．湯普森的音樂〉。已經帥不起來也玩不動的剛左記者杭特[6]寄居在紐約的廉價旅館，偶遇一個女孩循著音樂聲來到他門前，激起心情漣漪，

6 赫爾曼這篇小說可能指涉的是記者兼作家杭特．湯普森（Hunter S. Thompson, 1937-2005）。成名作是臥底採訪加州飛車黨的紀實書寫《地獄天使》。自創「剛左新聞主義」（Gonzo Journalism）一詞，也被稱為「荒誕新聞主義」。他不遵循新聞寫作的客觀立場，反而強調記者的觀察、介入與在場，通常以第一人稱書寫。一九七一年出版的《懼恨賭城》為其代表作。二〇〇五年湯普森舉槍自盡。他的《蘭姆酒日記》曾在台出版，並曾改編為強尼．戴普主演的電影《醉後型男日記》。

令他重又萌生稍稍整頓自己的念頭，只為了女孩說要邀他吃頓飯。一種可能促使他產生小小變化。儘管最終只是一種可能。

書末〈奧得河此岸〉寫一中年男子被「不速之客」打壞平靜生活，引發聯翩浮想。所謂的不速之客其實是故人之女與男友開車來訪，但中年男子卻抗拒重逢，彷若面對一段被捨棄的記憶甚或其他版本的自己突然回來找他。小說尾聲，他不情願地跟長大了的朋友女兒一起到奧得河沼澤區散步。因為那條河不僅讓他想起朋友從前朗誦的詩句，也提醒他，河的彼岸滿布揮之不去的過往。可能性的幽靈還在糾纏他。

綜觀《夏之屋，再說吧》圍繞種種可能的發想，又演示著訴說的幾近不可能。各篇小說中人只是混在一塊，沒有誰對誰說出真心話，每個人的內心都有洞，一張口，話語就紛紛掉進洞穴，於是只能以更多看似無關的話語來填補。他人的故事像是柴火，用來稍微溫暖這些發抖的旁聽者。

時移事往，二十多年過去，尤荻特的《在家》依然保有她對可能性的深刻挖掘，也展現出有別以往的訴說方式。她耐心地布置謎和線索，緩緩揭露一個中年女性的想望、失落和欲念。並讀《夏之屋，再說吧》與《在家》，加以閱讀所及的《除了幽靈，別無他物》和《所有愛的開始》[7]，我感受到的，不僅是時光差距，也是一個小說家的熟成，其間還真是除了努力別無他法。

歲月悠悠，《夏之屋，再說吧》裡的年輕女孩會老去，心理治療會結束，你總要離開諮商的小房間，去過外面的生活。但也許兩年後，你可能在外頭的商店撞見自己的心理師買菸，甚至跟他擋了兩根菸。生活要繼續，該怎麼辦？《在家》的中年女子遷居濱海小鎮，不斷寫信給遠方的丈夫，訴說獨棟屋子裡的新生活，也選擇性地遮蔽一部分。因為你已明白，生活提供的可能如此有限，你只得接受。

所以尤荻特說，我們該對彼此訴說一切。

我猜想，所謂的一切，應當也包含隱藏和沉默。

7 因無繁中譯本，亦可循簡中版譯名——編按。

國家圖書館出版品預行編目資料

夏之屋，再說吧/尤荻特.赫爾曼(Judith Hermann)著；劉于怡譯. -- 初版.
-- 臺北市：商周出版：英屬蓋曼群島商家庭傳媒股份有限公司城邦分公司發行, 2024.12
面；　公分. --(新小說；25)
譯自：Sommerhaus, später
ISBN 978-626-390-338-8(平裝)

875.57　　113016202

線上版讀者回函卡

夏之屋，再說吧（現代經典．25週年紀念版）

Sommerhaus, später

作　　者／尤荻特・赫爾曼 Judith Hermann
譯　　者／劉于怡
責任編輯／余筱嵐

版　　權／游晨瑋、吳亭儀
行銷業務／林秀津、吳淑華
總 編 輯／程鳳儀
總 經 理／彭之琬
事業群總經理／黃淑貞
發 行 人／何飛鵬
法律顧問／元禾法律事務所　王子文律師
出　　版／商周出版
115 台北市南港區昆陽街 16 號 4 樓
電話：(02) 25007008　傳真：(02)25007759
E-mail：bwp.service@cite.com.tw
發　　行／英屬蓋曼群島商家庭傳媒股份有限公司 城邦分公司
115 台北市南港區昆陽街 16 號 8 樓
書虫客服服務專線：02-25007718；25007719
服務時間：週一至週五上午 09:30-12:00；下午 13:30-17:00
24 小時傳真專線：02-25001990；25001991
劃撥帳號：19863813；戶名：書虫股份有限公司
讀者服務信箱：service@readingclub.com.tw
城邦讀書花園：www.cite.com.tw
香港發行所／城邦（香港）出版集團有限公司
香港九龍土瓜灣土瓜灣道 86 號順聯工業大廈 6 樓 A 室；E-mail：hkcite@biznetvigator.com
電話：(852) 25086231　傳真：(852) 25789337
馬新發行所／城邦（馬新）出版集團 Cite (M) Sdn. Bhd.
41, Jalan Radin Anum, Bandar Baru Sri Petaling, 57000 Kuala Lumpur, Malaysia.
Tel: (603) 90563833　Fax: (603) 90576622　Email: service@cite.my

封面設計／陳文德
排　　版／芯澤有限公司
印　　刷／韋懋印刷事業有限公司
總 經 銷／聯合發行股份有限公司
電話：(02)2917-8022　傳真：(02)2911-0053
地址：新北市 231 新店區寶橋路 235 巷 6 弄 6 號 2 樓

■ 2024 年 12 月 5 日初版　　Printed in Taiwan
定價 380 元

 ISBN 978-626-390-338-8　電子書 ISBN 9786263903357（epub）